水晶庭園の少年たち
喪に服す電気石

蒼月海里

集英社文庫

目次

主な登場人物

草薙　樹　十四歳。感受性の強い少年。祖父と愛犬を相次いで亡くしたショックで、一時学校に行けなくなった

達喜　樹の祖父。鉱物収集家だった

メノウ　愛犬。達喜を追うように亡くなった

雫　達喜がコレクションしていた日本式双晶の「石精」。凜とした少年の姿として樹の前に現れる

律　達喜の鉱物仲間。樹に鉱物の基礎知識を伝授

学　樹のクラスメート

水晶庭園の少年たち

Boys in Crystal Garden
Tourmaline in Mourning

喪に服す電気石

蒼月海里

第一話

Episode 1
Tourmaline in Mourning

喪に服す電気石

鉱物には様々な種類がある。

主に、構成している原子によって分類されることが多いけれど、何も知らない人が見た目だけで分類するならば、まずは透明感がある石と透明感がない石だろうか。

透明感がない石にも魅力はあるけれど、透明感がある石は人を惹《ひ》きつけ易《やす》く、鉱物のことを知らない人も容易に魅了することが出来る。

その筆頭として、蛍石《ほたるいし》がある。

紫や緑、ピンクや青や黄色と、カラーバリエーションが豊富な蛍石は、多くの人を魅了し、鉱物の世界に誘《いざな》う。

基本的な形は立方体だけど、細かな立方体が集まることで八面体や球体になることもある。

また、劈開《へきかい》という割れ易い方向を利用して、八面体に加工した蛍石も市場に流通しており、パステルカラーの紫や緑の八面体の蛍石は、フッ化カルシウムの塊とは思えないほどの可愛《かわい》らしさを持っていた。

「蛍石は最っ高。でも、トルマリンはもっとヤバいのよ」

昼休みのことだった。僕のクラスメートである山下《やました》さんは、友人の女子生徒を集めて鉱物の話をしていた。

少し派手で大人びた山下さんは、お小遣いでコツコツと蛍石を集めている蛍石コレクターだ。

しかし、どうやら最近、別の鉱物にも興味を持っているらしい。

「トルマリンって、宝石だっけ。聞いたことあるけど」

女子の一人が首を傾《かし》げる。山下さんは、「そうそう」と頷《うなず》いた。

「指輪とかペンダントにするためにカットされてる石だけど、原石もヤバいのよ。っていうか、原石がヤバい」

山下さんは、携帯端末をポケットから取り出すと、ネットで何やら検索し、仲間の女子に見せる。

すると、仲間の女子もまた、「ヤバっ」と声をあげた。

一体、何がヤバいんだろう。

僕が気になって耳を傾けていると、山下さんは唐突にこちらを振り向いた。

「えっ」

目がばっちり合ってしまったので、つい、そらしてしまう。

だけど、山下さんは大股でこちらに急接近して、携帯端末の画面を僕に押し付けてきた。

「ほら、草薙《くさなぎ》君も見て！」

「は、はい……」

山下さんの迫力に圧《お》されながら、僕は携帯端末の画面を見やる。

そこには、色とりどりのトルマリンの写真が、ずらりと並んでいた。

基本的には棒状の鉱物で、形状にそれほど変わりはないけれど、そのカラーバリエーションは蛍石以上に豊富だった。

透明感のあるピンクや緑、青もあれば黄色もあり、オレンジもある。二色のバイカラーであったり、三色のトリカラーであったり、一本のトルマリンに、様々な色が詰められていた。

古代エジプトでは、虹の宝石と呼ばれていたらしい。

蛍石は淡い色が多いけれど、トルマリンは彩度が高く、それぞれの色が目に強烈に焼き付いた。

「トルマリン、綺麗《きれい》だよね」

僕は画面を眺めながら頷く。

「でしょ？」

山下さんは満足そうに、何度も首を縦に振った。

透明感があり、色数の多い石が好きならば、山下さんがトルマリンに惹かれるのも納得だ。

「山下さん、トルマリンも集めるようになったの？」

「まさか！」

山下さんは目をひん剝《む》く。

「トルマリン、値段もヤバいから！　中学生が買えるお値段じゃないって！」

「そ、そうなんだ。僕も高嶺《たかね》の花っていうイメージがあって、買おうと思ったことがないかな」

ミネラルイベントで美しいトルマリンを見かけたことはあったけれど、価格を見てびっくりしたことがある。

祖父のコレクションの中にもトルマリンは幾つかあるけれど、大きいものは数えるほどしかなかった。

そのせいで、僕には手が届かないものだという認識が強く、美しいトルマリンを見かけても購入しようという選択肢が思い浮かばないし、価格を見ることもなくなったのである。

「そう、高嶺の花っていう呼び方がよく似合う石よね。お年玉の全エネルギーを注ぎ込《こ》んでようやくって感じかな。でも、お年玉で石を買うなんて言ったら、お母さんに怒られそう……」

「石は資産だって言えば……？」

石は資産。

それは、大人の鉱物コレクターである、律《りつ》さんと楠田《くすだ》さんが呪文のように口にする言葉だ。

鉱物標本は金《きん》と同じで、価値が物価とともに変動するので、貯金をするよりも堅実だという。

しかも、その鉱物の産出量が減って需要が高まれば、物価の上昇以上に価値が上がる。そう考えると、鉱物を買うのは浪費や消費ではなく、貯蓄になるのだそうだ。

「えっ。なんかそれ、正しいことを言ってるようでいて、大事な何かが欠けてる気がするんだけど」

山下さんは、明らかに引いていた。

「うん……。鉱物の引き取り手を、ちゃんと見つけないと意味がないからね」

ただでさえマニアックな趣味なので、鉱物の価値が分かる人間自体が少数だ。しかも、コレクターの中でも好みは様々なので、価値は高くても引き取り手がいないということもある。

「大人の言いわけ……？」

「それだね、きっと」

石は資産と言っている時の、律さんと楠田さんの目は、完全に石しか見えていない状態だ。財布の紐《ひも》を緩めるための呪文なんだろう。

「あーあ。うちのお母さんも鉱物コレクターだったらいいのに」

「お母さんにプレゼンをしてみたら？」

「もうやった」

「やったの⁉」

冗談半分で言った樹《いつき》は、思わず目を丸くした。

「蛍石を勧めてみたの。撮って良し、飾って良し、とっても可愛い、って！　でも、反応がイマイチだったな。トンボ玉なら好きなのに」

「いや、トンボ玉が好きなら、アピール次第でどうにかなるかも……」

透明感があって綺麗という特徴が一致するので、親和性は高いはずだ。

「じゃあ、もう一回アタックしてみる。今度はトルマリンで」

「いいと思うよ。お母さん、宝石には興味ないの？」

「昔は集めてたみたいだけど、今は全然」

山下さんは、首を横に振った。

「昔集めてたのなら、望みはあるかも。今はほら、家計のために我慢してるだけかもしれないし」

「うん。よく家計簿アプリと睨《にら》めっこしてる……」

「宝石の方から攻めてみたら？」

トルマリンは宝石としても有名だ。

原石に興味が無くても、装飾用に加工されたルース（裸石）であれば興味が湧くという人がいるし、カットされたトルマリンを見せてはどうかと勧める。

「うん。それはいいかもね」と山下さんは頷いた。

「指輪やペンダントになってると、もっと宝石としての魅力が分かり易いかもね」

「成程《なるほど》、確かに。でもさ、私自身がそもそも、カットしたトルマリンをよく知らないんだけど」

「僕もだ。調べてみようか」

僕と山下さんは、携帯端末でトルマリンのルースを調べてみる。山下さんについて来た女子達も、一緒になって調べてくれた。

「あった、これね！」

山下さんは、トリカラートルマリンのルースを見つける。

ピンクから透明、そして緑へと変化する様は美しくもあり、三色団子のようで可愛らしくもあった。

だけど、僕と山下さんは、その値段を見て「うっ」と声を揃《そろ》えてしまう。

「結構なお値段……」

「指輪に加工するとなると、もっと高くなるよね……」

山下さんと僕は、頭《かぶり》を振る。

トリカラートルマリンの他にも、パライバトルマリンという美しいネオンブルーのトルマリンもあった。しかし、そちらの価格も、思わず目をそらしてしまうほどだった。

「気軽にお勧めできるものじゃないね」

「家計簿アプリと睨めっこをしているのならば、なおさらだね……」

山下さんと僕は頭を抱える。

「お年玉でトルマリンを買ったことを、内緒にするとか……」

「だめだめ。うちはチェックが入るから」

お年玉を何に使ったか、逐一聞かれるのだという。その時に、「綺麗な石を買ったの」とトルマリンを見せたら、大目玉を食らうだろうとのことだった。

「お年玉を駆使したところで、買えるトルマリンはたかが知れてるしね。綺麗なのを選んだら、小指ほどの細いやつになりそう。どーんと大きいトルマリンだったら、お母さんも凄《すご》いわねって言ってくれそうだけど」

「お金持ちの家にある、アメシストの晶洞《しょうどう》みたいなやつ？」

「そうそう。そんな感じ」

時折見かける、大人の腰に届くほどの大きさのアメシストの晶洞を思い出す。インテリアとしてインパクトがあるし、何より、素人から見ても高級感が漂っている。

だけど、アメシストは比較的産出量が多く、トルマリンは少ない。

大人の腰に届くほどのトルマリンは、アメシストの晶洞を飾っているお金持ちも躊《ちゅう》躇《ちょ》する値段になりそうだ。

「トルマリンは、画像を集めるだけになりそう。ネットに上げられた画像をブックマークして、疲れた時に眺めて癒されるってやつ」

山下さんは、深々と溜息《ためいき》を吐《つ》いた。

しかしその時であった。女子らの一人が、「やまちー、見てみて！」と携帯端末の画面を見せる。

それは、フリマアプリだった。

「あっ、なにこれ！」

山下さんと僕は、画面に食らいつく。

なんと、フリマアプリに、トルマリンが大量に放出されているではないか。しかも、僕達が見た価格よりも、遥《はる》かに安値で。

「うわっ、安っ」

「さっきのはルースで、こっちは原石だけど、加工の有無を差し引いても安いね……」

僕は思わず、息を呑《の》む。

「すごい……。どうしてこんなに、トルマリンの放出が……？　しかも、この辺全部同じ出品者だし」

安価なトルマリンは、『アマネ』という出品者のものだった。

実に色とりどりで、産地情報もちゃんと記載されている。しかし、価格は僕達が検索していたものより、一桁ほど違っていた。

「でも、これだけ安くても手は届かないなぁ……」

山下さんは項垂《うなだ》れつつも、「いや、でもやっぱりお年玉で何とか……？」と諦めきれない様子であった。

「まあ、確かに安いけど……」

僕は、頭を悩ませている山下さんを見やる。

「山下さんは、トルマリンが欲しいの？　それとも、お気に入りのトルマリンをそばに置きたいの？」

「えっと、お気に入りのトルマリンを見つけたい、かな」

「この中で、気に入ったトルマリンは？」

「全部！」

山下さんは、目を見開いて即答する。だけど、すぐに「いやいや」と自らにツッコミを入れていた。

「これも可愛いし、これも可愛いんだけど……」

山下さんは、並べられた中でも特に色数の多いトルマリンを指さす。

「でも、パッと見た感じ、死んでもうちの子にしたい！ っていうのは無いかな。安いから、一つくらい買っておきたいけど」

「まあ、石は値段で買うなって言われてるしね。死ぬほど欲しいものが現れた時のために、貯金しておいたら？」

僕は、律さんから教えて貰《もら》ったことを山下さんに伝える。

石もそれ以外のものも、安いからといって買うと失敗してしまう。逆に、欲しいけれど高いからといって躊躇している石があったら、背伸びをしてでも買った方がいいと言われた。

石との出会いは、一期一会なのだから。

だから、いざ、運命の石に出会えた時に背伸び出来るように、日頃からコツコツと貯金をした方がいいということだった。

「えっ、今度はすごいまともな話ね……！」

石は資産、よりも山下さんの心に響いたらしい。彼女は目を輝かせて聞いていた。

「まあ、確かに焦って買うものじゃないわよね。焦っても買えるものでもないけれど」

山下さんは、フリマアプリで探してくれた友人に、「ありがと」とお礼を言って携帯端末から目を離す。

だけど、僕はそのずらりと並んだトルマリンが、気になってしまって目が離せなかった。

「どうしたの？　もしかして、買うつもり？」

どれが気になったの、と山下さんは肘で小突く。

「まさか！　本当に綺麗だなって思って見てただけだから。こうして並んでいると、産地によって特徴も違うし」

「あっ、成程ね」

並んでいるトルマリンはどれも原石で、先端が壊れていない美しい標本だった。

トルマリンは劈開こそないが、横方向に割れ易くて、先端が壊れているものも多いという。

「さっき、カットされたのを見たトリカラートルマリンの原石って、こういうのかな？」

三色団子のような、可愛らしい色合いのトルマリンを見つける。どうやら、アフガニスタン産のようだった。

「このパライバトルマリンって、これじゃない？」

山下さんは、ネオンブルーのトルマリンを見つけた。原石もまた、輝くほどに彩度が高い青色で、澄んだ海のようだと思った。

「パライバって、地名だったんだ……」

産地に、ブラジルのパライバ州と書かれていた。このネオンブルーは、この産地で採れるトルマリンの特徴なのだろう。

「こっちは、凄いピンク！　めちゃくちゃ可愛いんだけど！」

ロシア産の濃いピンクのトルマリンに、山下さんは目を輝かせる。

「見て、ヤバくない？」「なにこれ、凄い！」と一緒に覗《のぞ》き込んだ女子が口々に言ったのは、赤や黄色や緑など、何色も取り込んだマダガスカル産のトルマリンだった。

「トルマリンはヤバい沼だわ……。気をつけないと……」

山下さんは、額に滲《にじ》んだ汗を拭う。

そんな中、僕は気になるトルマリンを見つけた。「あれ？」と思わず声に出してしまったので、山下さんを始めとする女子が食いつく。

「どうしたの？」

「いや、これ、ちょっと他よりも高いなって」

僕が指し示したのは、他よりも少し価格が高めのトルマリンであった。

しかし、特別綺麗というわけではなく、地味の一言に尽きた。

全体的に、黒と緑に近い黄色で構成されていた。先端は真っ黒で、あとは黄色という独特の風貌である。

「へー。なんでだろう。大きさも小さいよね」

商品説明に書かれている大きさは、他のトルマリンよりも一回りか二回りほど小さかった。

「産地は、エルバ島か……」

イタリアにある、ナポレオンが流刑にされたという島だ。確か、律さんが黄鉄鉱《おうてっこう》の産地として教えてくれた場所である。

「産地が有名な土地だから、かな」

「あっ、そうなんだ」

目を丸くする山下さん達に、僕は律さんから教えて貰ったことを伝えた。

「へー、ナポレオンがねぇ。ヨーロッパで人気のある産地だから、あっちでほとんど売れちゃうってわけね。でも、私達にとっては、ナポレオンなんて教科書の中の人っていう感じだし」

いまいちピンとこないのだと、山下さんは言った。

「向こうでは、たぶん僕達以上に身近で、特別な存在なんだろうね。だからこそ、産地も特別視されるのかな」

僕は山下さん達にそう言ったものの、自分の中ではその答えに納得していなかった。

昼休みが終わり、午後の授業が始まっても、あの不思議な雰囲気のトルマリンのことが、頭から離れなかったのであった。


帰宅した僕が向かったのは、雫《しずく》がいる土蔵だった。

「お帰り、樹」

祖父のコレクションに囲まれて、今日も雫は僕を笑顔で迎えてくれる。

雫は、透き通った髪を持つ綺麗な男の子で、日本式双晶《そうしよう》と呼ばれる水晶の石精《いしせい》であった。

僕は、雫にその日の出来事を話すのが日課になっていた。

「それで、樹のクラスメートは、トルマリンに熱を上げているというわけだね」

僕の話を聞いた雫は、微笑《ほほえ》ましげな表情をした。

「でも、僕らには高嶺の花だからさ。写真を見て我慢しているみたい」

「ふふっ、成程ね。トルマリンについては、達喜《たつき》もなかなか苦労をしていたようだし」

「お祖父《じい》ちゃんが？」

「自力で採集もしたかったようだけどね。国内だとなかなか綺麗なものが見つからなくて。かといって、外国産の立派な標本は、おいそれと手が出せないって」

「国内でも出るんだね」

「ああ」

雫は頷いた。

「トルマリンは、主にペグマタイトから産出するんだ。ペグマタイトの有名な産地は、国内に幾つかあるしね」

雫が言うには、岩手県や茨城県にも、ペグマタイトの鉱床があるのだという。

「産状は異なるけど、樹が行った糸魚川《いといがわ》でも、トルマリンがついた姫川薬石《ひめかわやくせき》が採れるだろう？」

「あっ、そうか。あれもトルマリンなんだっけ……！」

翡翠《ひすい》の名産地である糸魚川には、姫川薬石と呼ばれる模様の可愛らしい石も採れる。その姫川薬石に、トルマリンがついていたのだ。

ただし、真っ黒なトルマリンだけど。

「薬石に黒い斑点がついてたら、それは忍石《しのぶいし》かトルマリンっていう……」

「そう。トルマリン——和名だと電気石《でんきせき》は、色鮮やかなものばかりではないからね。黒く見えるものだってあるんだ」

「すっかり忘れてた。色鮮やかなものばっかり見てたから……」

そう言えば、どこぞの店頭で、トルマリンブレスレットと称した真っ黒なブレスレットが売られていたような気がする。

「トルマリンって、色んな種類があるんだよね、確か」

「そう。黒く見えるのは鉄電気石と呼ばれているものが多いね。あとは、フォイト電気石かな。でも、黒く見えるトルマリンも、色が濃過ぎるだけで、本当は緑だったり、黄色だったりするんだ」

「じゃあ、姫川薬石についている黒いトルマリンも……」

「本当は黒じゃないかもしれないね」

雫は、にっこりと微笑んだ。

「トルマリンは基本的に、棒状に成長する鉱物なんだけど、マッシュルームみたいな形になったり、無数の針を束ねたようになったりすることもあるんだ」

「へぇ……。トルマリンも、色んな形になるんだね」

「蛍石ほどじゃないけれどね」

机の上に置かれている大きな蛍石をそっと撫《な》でながら、雫は言った。

「でも、黒いトルマリンよりも鮮やかなトルマリンの方が、人気があるみたいだね。まあ、当たり前といえば当たり前だけど……」

「人は色鮮やかなものに惹かれるからね。無色の水晶よりも、アメシストの方に惹かれる人も多いようだし」

「僕は、無色の水晶の方が好きだけどね」

間髪を容《い》れずにそう言った僕に、雫は嬉《うれ》しそうに目を細めて、「有り難う」と頭を撫でてくれた。

気を遣ったと思われたのだろうか。本当のことなのに。

「黒く見えるのが、鉄電気石やフォイト電気石——か。それじゃあ、これもそうなのかな？　まあ、黒いのは頭の方だけだけど」

僕は、山下さんと見たエルバ島のトルマリンを雫に見せようとする。

「まあ、それら以外にも、色が濃過ぎて黒く見えるものはあるけれど」と言いながら、雫は携帯端末の画面を覗き込んだ。

「おや、これは……」

「見たことあるの？」

目を瞬かせる雫に、僕は首を傾げた。

「エルバ島の、エルバイトだね」

「エルバイト」

僕は思わず復唱してしまう。

「トルマリンの一種。リチア電気石のことさ」

　色鮮やかで高価なものは、このリチア電気石が多いのだという。

　これは、リチウムを多く含むトルマリンで、他の美しい鉱物達とともに、ペグマタイトから産出するのだという。

「リチア電気石は、エルバ島で初めて産出したから、エルバイトと名付けられているんだよ」

「それって……！」

「原産地標本ということさ」

　原産地標本。

　それは、その鉱物が初めて発見された場所で産出された標本のことである。その名の通り、原産地で見つかったということだった。

「コレクターの中では、原産地標本だけを集めている人がいるくらいだね。それだけ、希少なものなのさ」

　原産地というくらいなので、かなり昔から採掘が始まっていた場所が多いらしい。

　そんな場所の鉱物が未《いま》だに採れるか、未だに残っているというだけで素晴らしいとのことだった。

「達喜も、結構な数の原産地標本を持っていたね。エルバイトも欲しがっていたんだけど――」

　そこまで言うと、雫は困ったように眉根を寄せる。

「だけど？」

「生憎《あいにく》と、機会に恵まれなかったようでね。数十年前は、エルバ島でエルバイトの産出がそれなりにあったとかで、小さな標本が日本に来たことがあったんだ。だけど、買いそびれてしまったようでね」

　悔しがっていたよ、と雫は苦笑していた。そう言えば、祖父の手記にそんな内容が書かれていたような気がする。

「お祖父ちゃんでも、狙った石を逃すことがあるんだね……」

「まあ、コレクター仲間は沢山いたようだしね。彼らに先を越されたのかもしれない」

「律さん達は、持ってるかな」

「どうだろう？」

　聞いてごらん、と雫は促す。

　僕は、ＳＮＳで律さんに尋ねてみた。『エルバ島のエルバイトを持ってますか』と。

「あっ、返信」

　律さんからは、すぐに返信が来た。

『持ってない！　ミネラルショーで見たこともない！』

メッセージには、泣いているキャラクターのスタンプが添えられている。

「ショーで見たこともない……？」

「伝説の産地の一つだしね。日本では、なかなかお目に掛かれるものではないのかもしれない」

「伝説の産地……」

僕は、思わず固唾《かたず》を呑んだ。

雫曰《いわ》く、エルバ島は紀元前一千年頃から鉄鉱石を採掘し、製錬が行われていた地中海地域で重要な場所の一つであったそうだ。

赤鉄鉱が豊富で、鉄の鉱石として重宝していたという。鉄鉱山として長い間続いていたが、一九八一年には閉山となっている。

つまり、それまでは採掘の傍《かたわ》らに鉱物標本が発見されていたが、それ以降の発見は個人に委ねられているということか。

「閉山してからずいぶん経《た》つんだね。しかも、有名な場所かぁ……」

「それに、エルバ島のエルバイトには、ちょっとした逸話があるんだ」

「へぇ？」

僕は雫の話に耳を傾ける。

雫もまた、祖父が話していたのを聞いて知ったというその話に。

それは、ロシアの高名な鉱物学者であるアレキサンドル・エフゲニエビッチ・フェルスマンが記した『石の思い出』という本に記されていたのだという。

その昔、エルバ島に、美しい鉱物を掘り当てるのが得意な青年がいた。彼は子供の頃から石に夢中で、美しいオパールやアメシスト、ガーネットなどを見つけていた。

そんな或《あ》る日のこと、青年はローズ色の美しいトルマリンを発見した。そのトルマリンの評判は、瞬く間に島中に拡《ひろ》がった。

それが災いしたのか、強欲な地主によって、青年はそのトルマリンが発見された場所から追い出されてしまう。

それから二、三日後、青年は海で遺体になって発見された。

青年は島の人々によって教会に埋葬され、墓石にはトルマリンの産地の大きな白い岩塊が置かれた。

それからというもの、そのトルマリンの産地では、ぱったりとローズ色のトルマリンが発見されなくなってしまった。

地主が大勢の作業員を雇い、機械を持ち込んで山を切り崩しても、先端が黒い地味なトルマリンしか出なくなったのだという。

黒い頭のトルマリンは、まるで、喪《も》に服しているようであった。

それを見た人々は黒頭のトルマリンのことを、イタリア語で黒い頭を意味する『テスタ・ネーラ』と呼ぶようになったのだという。


雫の語りを聞き終えた僕は、しばらくの間、声が出なかった。

瞼《まぶた》を閉じると、青年の死を悼むトルマリンの姿が、哀《かな》しげに浮かび上がった。

「その伝説にある黒い頭のトルマリンって、もしかしてこれ……？」

僕は、フリマアプリに掲載されているエルバ島のエルバイトの写真を、改めて見つめた。

地味だと思っていたトルマリンは、敢《あ》えて、慎ましやかな喪服をまとっているように見えた。

「そんな伝説の石が、フリマアプリに出てるなんて……」

「誰かが思い切って放出したのだろうね。これだけの量だし、本人のコレクション整理というよりは――」

「遺品整理……」

僕は、祖父のコレクションに溢《あふ》れた土蔵をぐるりと見やる。

つまりは、エルバ島のエルバイトを始めとするトルマリンを集めていた人が亡くなって、その遺品をアマネという出品者が整理しているということだろうか。

「フリマアプリに上がってるトルマリン、随分安いよね。山下さんもびっくりしていたけど」

ずらりと並んだトルマリンは、既に幾つか売れていた。僕が昼休みに見た時よりも、在庫がかなり減っている。

しかし、エルバ島のエルバイトは残っていた。

「全体的に安価かもしれないけれど、価値は分かっているようだ。希少なトルマリンには、相応の値段がついているし」

「じゃあ、アマネっていう人は石に詳しいのかな」

「そうかもしれない。でも、早く売ってしまいたいのかもしれないね」

雫の目は、哀しげに伏せられた。

「どうして？」

「価値が分かっているのに、相場よりも安いというのは、きっと、そういうことだと思って」

「あっ、成程……」

敢えて安い価格をつけるという理由は、それ以外に考えられなかった。そうしているうちにも、リストを更新すれば、売約済みという表示が増えていく。

「価値が分かってるのに、勿体《もったい》ないよね」

「そうだね……。ここまで見事なコレクションならば、出来る限り売らずに、価値が分かる縁者に託して欲しいところだけど……」

雫は哀しそうに呟《つぶや》くが、ハッとした。

「すまないね。樹達のことを言っているわけではないんだ。それに、樹達はちゃんと、価値が分かる相手に託そうとしてくれているから、僕達は安心しているよ」

「うん……」

雫のフォローに、僕は安堵《あんど》する。だけど、フリマアプリのアマネのことは気になってしまう。

驚くほど安価で提供するということは、その鉱物の価値を知らなかったり、安いからと飛びついたりする人間に買われる可能性もある。それこそ、本当にその鉱物が必要だと思っていない相手の手に渡ることだってある。

そうなった場合、その鉱物はどうなってしまうのだろうか。

産地が記されたラベルを紛失されてしまうかもしれないし、標本そのものをないがしろにされてしまうかもしれない。

折角の地球がくれた宝物が、台無しになってしまうかもしれない。

気の遠くなるほどの時間をかけて、奇跡のような巡り合わせが重なって、美しい結晶になったというのに。

「ちょっと、注意して見てみるよ」

「そうだね。何かあったら、僕に話して？」

雫は優しくそう言ってくれた。

こうして、僕の頭からは、エルバ島から来た喪に服したトルマリンが離れなくなっていたのであった。


それから、僕はアマネが出品した石をチェックするようになった。

安価のトルマリンは、あっという間に売約済みになっていく。一体、どんな人の手に渡ったのか気になったけれど、それよりも僕は、喪に服しているトルマリンの行く末が気がかりだった。

一日経っても、二日経っても、エルバ島から来たトルマリンの買い手は現れなかった。

「だって、地味じゃん」と山下さんは言っていた。

確かに、ビビッドな色合いのトルマリン達に囲まれては、目に留まらないのかもしれない。

「私は希少性よりも可愛さ重視かな。っていうか、そんなにヤバいトルマリンだって分からなかったし」というのが、山下さんの意見だった。

写真に映えるような美しい鉱物を集めている人も多いようだし、産地になど興味がないのかもしれない。そして、産地に興味があるような年配の人は、フリマアプリをあまり見ないのかもしれない。

「あっ、そうか。律さんに連絡すれば良かった……！」

日曜日の昼下がり。世田谷の一角にある、『山桜骨董美術店《やまざくらこっとう》』に向かう途中のことだった。

「律さん、ショーでも見たことがないって言ってたし、欲しがるかも」

「それなら、用事が終わったら教えてあげるといいよ」

僕の隣を歩いていた雫が、にっこりと微笑む。

これから、祖父の土蔵で見つかった品物を、山桜に持ち込まなくてはいけない。

僕が持ち運べるくらいの大きさの骨董品だったたし、店主のイスズさんにわざわざ来てもらうのは気が引けたので、挨拶がてら行くことにしたのだ。

イスズさんは気難しい男の人だけど、目に見えないものを感じ取る力がある不思議な人だった。ぶっきらぼうだけど優しいところがあって、僕はもっと話を聞きたいと思っていた。

イスズさんに惹かれるのは雫も同じだったようで、僕が山桜に行くと言ったら、同行すると言ってくれたのだ。

午後の日差しが心地《ここち》好い。遠くから聞こえる子供達の遊ぶ声を聞きながら、僕と雫はのんびりと歩く。

暫《しばら》く行くと、ひっそりと佇《たたず》む木の看板が掲げられたお店が、僕達を迎えた。昭和初期の頃に建てられたのであろう、レトロな造りだった。

「こんにち――」

は、と続けつつ引き戸を開けようとしたものの、中から話し声が聞こえる。

「お客さんかな」

「珍しいね」

僕と雫は顔を見合わせた。

お店があまり自己主張をしていないのと、買い取りの際はイスズさん本人が赴くことが多く、お店にお客さんがいるのをあまり見たことがなかった。

僕と雫は、邪魔をしないようにと足を忍ばせて入る。

イスズさんと話をしているのは、僕より少し年上の男の子だった。

「だから言ってるじゃないですか。安値でもいいって」

「駄目だ」

作務衣《さむえ》の上に山桜が咲く絢爛《けんらん》な羽織を引っ掛けた男の人――イスズさんは、ぴしゃりと断る。

「俺は相応の対価を支払うと決めている。そいつが、故人に対する礼儀っていうやつだからな。それに、お前みたいな未成年とは、保護者の同意書が無いと取り引きは出来ない」

カウンターの上に置かれた箱を、イスズさんは男の子に突っ返す。だが、男の子は食い下がった。

「同意書が無くても、身分証明書はあります！」

「駄目だ」

「なら、買い取って貰えなくてもいい。引き取って貰えれば、それでいいんです」

「タダで持って行けってか？　解せないな」

イスズさんは、露骨に顔をしかめた。

「解せないのは俺の方ですよ。これだけ希少な鉱物が揃っていて、こんなにいい条件を出しているのに、全然呑もうとしないなんて」

男の子は、苛立《いらだ》ったように頭を振る。

「悪いな。うちはそこまで利益優先じゃなくてね」と、イスズさんは断固として男の子の要求を受け入れようとはしなかった。

そんな様子を入り口で眺めていた僕と雫は、顔を見合わせる。

「鉱物の買い取りの依頼っぽいね……」

「気になるところだね」

僕達は頷き合うと、棚の陰からこっそりと近づいて、男の子がどんな鉱物を持って来たのか覗こうとする。

だけど、「おい、バレてるぞ」とイスズさんが、こちらを見向きもせずに声を投げた。

「あっ、気付いてたんですね……」

「風が入って来たからな」

僕は棚の陰から姿を現し、気まずそうに歩み寄る。

男の子は、胡乱《うろん》な眼差《まなざ》しでこちらを見ていた。

やはり、僕よりも年上だ。高校生くらいだろうか。すらりとした体軀《たいく》と理知的な顔つきから、スマートな印象を抱くものの、視線がやけに鋭い。

刺々《とげとげ》しい雰囲気の人だな、と僕は思った。

一方、イスズさんは僕を手招きする。

「土蔵からまた、気になるものが見つかったんだって？」とイスズさんが僕達に目を向ける。イスズさんのところには、父が事前に連絡をしていたのだ。

「ええ、茶器なんですけど、有名な陶芸家さんの名前が入ってるとかで……」

僕は、手にしていた桐箱《きりばこ》を遠慮がちにカウンターへ置いた。

桐箱を包んでいる風呂敷を丁寧に解《ほど》きながら、イスズさんは溜息を吐く。

「なんだ、お前を寄越《よこ》すというから鉱物かと思ったんだが」

「ご期待に沿えませんで……」

「期待とかじゃなくてだな」

イスズさんは、困ったように後頭部を掻《か》く。

「こういうのは俺を呼べ。ここに来るまでに壊したら一大事だぞ。そもそも、これは親《おや》父《じ》さんが担当していたんじゃないのか？」

「すいません……。お店に来たかったっていうのもあって……」

「うちは代わり映えしないぞ」

イスズさんは呆《あき》れたようにそう言うものの、表情は少しだけ柔らかくなった。

一方、先ほどまでイスズさんと話していた男の子は、口を尖《とが》らせて不満を露《あら》わにしている。

「彼も同意書を持っていないじゃないですか！　それなのに、取り引きをするんですか⁉」

男の子はそう言って、僕を鋭い視線で突き刺す。

だけど、イスズさんは落ち着いた調子で反論した。

「こいつと親父さんとは、何度もやり取りをしている。そもそも、この茶器の件は親父さんから電話があったんだ。『土蔵で気になるものを見つけたので、息子に持って行かせます』ってな」

「くっ……」

男の子は、悔しげに表情を歪《ゆが》める。

「悪いが、お前の石は買い取れない。どうしてもって言うなら、親御さんの同意を得てからにしてくれ」

イスズさんはきっぱりとそう言って、鉱物が入っている箱をやんわりと押し戻す。男の子は、下唇を嚙《か》み締めながら箱の中を見つめていた。

「あの……」

そんな彼に、僕は声を掛ける。

「……なんだよ」

「ひえっ」

男の子があまりにも睨みを利かせて来たので、僕は思わず悲鳴をあげる。

「す、すいません。鉱物が好きなので、つい」

「は？　鉱物好き？　変わってるね」

「だから、ちょっとだけでいいので、どんな石があるのか見たいなって」

「ほら」

男の子は、些《いささ》か冷ややかな視線をこちらに向けつつ、箱を見せる。その、嫌悪すら交じった眼差しに内心は怯《おび》えつつ、箱の中をそっと覗いた。

「あっ……」

「これは……」

僕の後ろから、雫も顔を覗き込ませていた。僕達二人は、目を輝かせて箱の中身を見つめる。

大きな箱の中に、小さな標本箱が敷き詰められている。その中には、色とりどりの美しい石が丁寧に置かれていた。

コランダム、エメラルド、ガーネット、トパーズなど、どれも透明感があってキラキラと輝く、宝石になるような石達だった。

その一つ一つに、産地情報を丁寧に記載したラベルが付いている。標本箱にも緩衝材がちゃんと敷かれていて、持ち運びをしても大丈夫なようになっていた。

一目見て、鉱物を愛し、鉱物に対して知識があるコレクターのものだということが分かった。

「この石達は、お兄さんのじゃないんですか……？」

「親父のコレクション。親父が死んだから、整理してるところ」

男の子は、素っ気無く言った。

「あっ、すいません……」

「別に」

謝る僕に、彼はそっぽを向いてしまう。

気まずい空気が流れる中、雫は「おや？」と声をあげた。

「樹、ご覧」

雫の綺麗な指先が、ずらりと並んだ鉱物達の一角を指し示す。そこにあった石に、僕は見覚えがあった。

「エルバ島の、トルマリン……！」

標本箱の中に収められた、親指の先ほどの欠片《かけら》のようなトルマリンに、見覚えがあった。

喪に服すように黒いベールを被《かぶ》ったのは、紛れもなく、フリマアプリに出品されていたエルバ島のトルマリンであった。

「もしかして、お兄さんはアマネ……さん？」

ふと、カウンターの上に置きっ放しの学生証が目に入った。そこには、近所の高校名と、『天城天音《あまぎあまね》』という名前が記されていた。

天音さんは、学生証が置きっ放しになっているのに気付くと、それをもぎ取るようにしてポケットの中に突っ込んだ。

「あ、えっと、実はフリマアプリを見てて……」

「ああ、そういう」

天音さんは、納得したようだった。

「ここにあるの、フリマアプリに出品しているものも交ざってますよね……」

「ああ。フリマアプリの応対も、意外と面倒くさくてさ。買い手がつかなかったものも含めて、ここで売り払おうかと思ってたわけ」

トルマリンをまとめて出品してから、問い合わせが殺到したらしい。そのせいで、他の鉱物を出品する時間がなくなってしまったのである。

「どうして……？」

話を聞く限りでは、ここにある石は父親の遺品の筈《はず》だ。それならば、父親との思い出が詰まっているのではないだろうか。

なのに、どうして売り払おうとするのか。まるで、厄介払《やっかいばら》いでもするかのように。

「決まってるじゃないか。邪魔だからだよ」

「邪魔って、そんな言い方……」

「うちは狭いのに、役に立つのか立たないのか分からない石ばっかり遺《のこ》して、本当に迷惑だ」

天音さんは、吐き捨てるようにそう言った。

「そうだ。君は鉱物に興味があるようじゃないか」

天音さんの言葉に、「えっ、まあ、はい」と頷く。

「それじゃあ、これを譲ってやるよ。持って帰るのも面倒だしね」

天音さんは、宝石鉱物が入った箱を、僕にずいっと押し付ける。

「ちょ、えっ⁉ 駄目ですよ、こんな高価なもの！」

「要らないなら、そこの店主にでもくれてやれ。お前のものだったら、同意書も何も必要ないだろ」

フリマアプリの出品は取り消しておくから、と言い残して、天音さんはさっさと店を後にする。

イスズさんは頭を抱え、溜息を吐きながら立ち上がった。

「やれやれ。なんて奴《やつ》だ……」

「まさか、鉱物を人に押し付けるなんて……」と、僕は箱を手にしたまま茫然《ぼうぜん》としていた。

「お前も、人様の遺品なんて押し付けられたら気が気じゃないだろ。俺が返して来てやる」

イスズさんは、僕がすんなり受け取れるほど面の皮が厚くないことを見抜いていた。

僕はお願いしようかと思ったものの、雫が「おや」と声をあげる。

雫の視線の先には、エルバ島のトルマリンがあった。

それに促されるようにエルバ島のトルマリンを見つめていると、ふと、その向こうに揺らぐ人影を捉えた。

「もしかして……」

僕はその曖昧な人影と、エルバ島のトルマリンを交互に見つめ、それから、イスズさんの方に顔を向けた。イスズさんもまた、僕の視線に促されて何かに気付いたようだった。

「……いるのか？」

「多分」と僕は頷いた。

改めて、箱の中にあるエルバ島のトルマリンを見つめると、決意を固める。

「僕、天音さんに返しに行きます」

「そうか」

イスズさんも、納得したように頷いた。

「ならば、その間にお前が持ち込んでくれたものの査定を済ませておく。何かあったら連絡しろ」

そう言って、イスズさんは多くを語らず、僕達を送り出してくれたのであった。

僕は、箱を抱えて天音さんを追う。

天音さんの足は速く、僕が店を出た時には、既に背中が遠かった。

「天音さん！」

僕は大声で彼を呼び止めようとするものの、止まってくれる気配はない。仕方ないので、箱を抱えながら全速力で走った。

「僕も、手伝えれば良かったのだけど」

「気持ちだけで……充分だよ……っ」

申し訳なさそうに並走してくれる雫に、僕は頭《かぶり》を振った。

ただでさえあまり体力がないのに、箱を抱えたまま走るのはしんど過ぎる。だけど、天音さんに石を返さないわけにはいかなかった。雫の他にも、一緒について来てくれる気配を感じていたから。

「天音さん、待って！」

僕は何とか天音さんに追いつき、気合いで追い越す。

その行く手を阻み、「待ってください！」と引き止めた。天音さんは露骨に顔をしかめ、「どいて」と言い放つ。

「これを、お返ししないと……！」

「いや、要らないし」

僕に突きつけられた箱を、天音さんは受け取ろうとしなかった。

「でも、お父さんの大切な遺品なんじゃないですか？」

「大切じゃない。遺品も、父さんも」

「えっ……？」

僕は耳を疑う。しかし、「大切じゃない」と天音さんは繰り返した。

「人のうちの事情も知らないで、一般論で語らないでくれる？　中学生のくせに、ウザいんだけど」

「うっ……」

中学生のくせにと言われると、立つ瀬がない。

そんな僕の隣にいた雫は、天音さんに向けて一歩踏み出した。

「君と君の父親の間には、深い事情があるようだね」

天音さんは雫の方を見て、警戒心を強める。人間離れした綺麗な男の子が現れたら、確かにそんな反応になるだろう。

いや、それよりも——。

「天音さん、雫が見えているんですね？」

「雫って、この銀髪の？　見えてるけど……幽霊の類？」

「いや、幽霊というよりも妖精に近いっていうか……正確には、石精っていうんですけど」

後ずさりを始める天音さんを落ち着かせるために、何とか弁明する。

石精である雫は、石精と縁が繋《つな》がっている人にしか見えない。例外的に、見えないものが見えてしまうという異能を持つイスズさんのような人がいるけれど、それは稀有《けう》な存在だった。

恐らく、天音さんは石精と繋がっている人だ。

僕の中で、推測が確信に変わる。

「石精？」

天音さんは胡乱な眼差しを僕達に向ける。

「そう。特定の石と縁が繋がった人にだけ見える存在さ。君もまた、石と縁が結ばれているんだよ」

雫は、慈しむように微笑む。

しかし、天音さんの顔は強張《こわば》り、その瞳には嫌悪すら浮かんでいた。

「冗談じゃない……。父さんがいなくなって、ようやく鉱物から解放されると思ったのに……！」

「何故《なぜ》、そこまで鉱物を毛嫌いするのかな」

雫は困ったような顔をする。天音さんは雫と距離を取ろうとしてか、後ずさりつつこう言い放った。

「採集に行くのは危険だし、購入するには高価だし、コレクションは家を圧迫していく。

興味がない者にとっては、いい迷惑だ！」

確かに、鉱物採集に危険はつきものだ。熊が出る山道を歩いたり、沢を上ったり山を登ったりしなくてはいけない。ビーチコーミングでさえ、石にばかり気を取られていると波にさらわれてしまう危険性があるほどだ。

購入するのもまた、高額なものばかりでないとはいえ、希少性が高かったり美しかったりするものは高価だし、クオリティを追求すれば天井知らずで、それに伴い価格も鰻登《うなぎのぼ》りになるとのことだった。

採集した物が増えて住まいを圧迫するという話も、よく分かる。

祖父のコレクションも、我が家に土蔵が無ければ、今頃、僕達の住まいのほとんどを占領していたことだろう。

天音さんが言うことには、一理あった。

だけど、それだけだろうか。

それだけで、ここまで嫌悪する理由になるのだろうか。

「君は、鉱物を拒絶している。だけど、その割には鉱物のことをよく知っている。それは少なからず、君なりの愛情を抱いているからではないのかい？」

雫の言葉に、ハッとした。

天音さんのトルマリンの値付けは、鉱物の価値を知っている人の意図が入ったものだった。

全く愛情がなく、本当にすぐに処分してしまいたいのならば、エルバ島のトルマリンだって、タダ同然の価格にしてしまえば良かったのに。

「君の中で、葛藤していることがあるのではないかな？」

雫を前にして、天音さんはうつむいていた。

「知ったような口を……」と、声を振り絞るように反論するものの、先ほどのような切れ味はなかった。

「君と、話したいという子がいてね」

「は？」

雫の言葉に、天音さんは顔をしかめる。

「樹、その子を彼に」

「あっ、うん」

雫が指し示したのは、エルバ島のトルマリンだった。

標本箱の中に入った結晶は小さく、落としたら何処《どこ》かに紛れてしまいそうなくらいだった。それでも、黒い頭と黄色い身体《からだ》はハッキリと分かれていて、その先端にも欠けがなかった。

産地を記したラベルは、長い年月を経たためか、すっかり変色していた。それだけの長い時間、丁寧に保管されていたことがよく分かる。

「これ、なんですけど……」

僕が天音さんに差し出すと、天音さんは避けるように半歩下がる。

その目にあるものは、嫌悪ではない。畏怖であった。

天音さんは感じ取っているのだろう。その石に宿る何かがいることを。そしてその何かが、自分を見ていることを。

視界の隅に、人影が見えた。輪郭はおぼろげだが、確かな気配を感じる。

「大丈夫」

雫は包み込むように言う。

「未知のものを、怖がらないで」

「誰が……」

後ずさりをしていた天音さんは、ぐっと踏《ふ》み止《とど》まった。

「怖がるものか！」

天音さんは、僕の手からエルバ島のトルマリンをひったくる。

その瞬間、視界の隅にいた人影が、天音さんの元へと駆け寄った。

それは稲穂の色の髪の、黒いベールをかぶった若者であった。

気が付いた時には、僕達は白い洞窟の中にいた。

周囲は白いごつごつとした石に囲まれていて、僕の手には標本が入った箱の代わりに、ランタンがあった。

ランタンのほのかな光は白い石に反射し、辺りはぼんやりと明るかった。

「これは……なんなんだ？」

天音さんは、目をひん剝かんばかりに驚いていた。

「この白い石は、長石《ちょうせき》だね」と雫は答える。

「石の種類じゃない！　この状況のことだ！」

天音さんは、自然が彩った白い床と天井を指し示す。

驚くのも無理はない。僕達は先ほどまで、見知った風景の中にいたのだから。

「これは、石が見せる幻想さ」

雫は微笑んだ。

「幻想……？　俺はさっきまで、世田谷の町中を歩いていたはずなのに……」

「何処にいても、幻想はいつもそばにあるものなんだよ」

雫は僕が手にしているランタンを受け取ると、その明かりでぐるりと辺りを照らし出す。

すると、光を取り込んで輝くものがあった。

「あっ……」

あまりにも鮮やかな色に、目がくらみそうになる。

白亜の洞窟の中には、ところどころに、とても美しい色が存在していた。

それは、ピンクであったり緑と黄色を混ぜたような色であったりした。それらは、光を受けると鮮やかな色を僕達に見せてくれた。

まるで、虹の欠片が鏤《ちりば》められているようだった。

その、美しい石の正体は――。

「トルマリン……？」

天音さんは、目を丸くする。

白い洞窟のあちらこちらから、何本ものトルマリンが生えていた。まるで、身を寄せ合うようにして。

どれも大きなものではないけれど、小ぢんまりとした佇まいがまた、控えめで美しいと思った。

よく見れば、トルマリン以外の石もある。淡いピンクの平たい石や、飴色《あめいろ》の石が長石の中に身を潜めていた。

「ここは、幻想のエルバ島の洞窟の中のようだね」

「幻想の……エルバ島？」

幻想はともかく、エルバ島だということに僕は驚愕《きょうがく》する。

エルバ島は、天音さんが持っているような黒い頭のトルマリンしか採れなくなったというのに。

「もしかして、ここにあるのは昔の……？」

僕の言葉に、雫は静かに頷いた。

あちらこちらから顔を出したトルマリンの中には、美しいピンク色の頭をしたトルマリンもあった。それは、薔薇色《ばらいろ》と呼ぶのに相応《ふさわ》しいほど、華やかでありつつも優しい色合いであった。

僕は、思わず見とれてしまう。

これこそ、伝説に登場した青年が採集したものなのだろうか。

「嘘《うそ》だろ……。エルバ島のトルマリンが、こんなに綺麗だなんて」

天音さんもまた、己の目を疑うあまり、何度も目を擦《こす》っていた。彼もまた、黒い頭のトルマリンしか知らないようだった。

「かつては、美しくて大きな結晶が採れたものさ。今もまだ、地中に眠っているかもしれない」

雫は、手近なトルマリンの先端に触れる。

根元は黒に近いほど濃い緑であったが、先端近くは透明で、鮮やかなブルーのラインが入っているという、なんとも不思議な結晶だった。他の産地でも、そんなトルマリンは見たことがない。

「どうして、黒い頭のトルマリンが多く出ているんだ……」

天音さんは、美しい結晶達から身を守るように己の身体を抱きながら、呻《うめ》くように尋ねた。

「それは、偶々《たまたま》そのような成分が多く含まれている場所を掘り当てられてしまったからかもしれないし、彼らがそうしたいのかもしれない――」

「トルマリンがそうしたい、だと……？」

「君達が地球の申し子であるのと同じで、トルマリンもまた地球の申し子だからね。そこに意志のようなものがあっても、おかしくないと思わないかい？」

「そんな、馬鹿なことを……」

「こうして、君と対話をしている僕も鉱物なんだけどね。そして――」

雫は、ふと洞窟の奥を見やる。

色とりどりのトルマリンがひしめく白亜の洞窟の奥に、ふと、人影が見えた。

それは、僕が知らない人だった。恰幅《かっぷく》がいい男の人で、朗らかな表情をしていたが、何処か天音さんに似た雰囲気を醸し出していた。

「と、父さん……！」

天音さんは叫ぶ。

「えっ……」

天音さんの父親と思《おぼ》しき男の人は、大きなザックを背負い、登山の装備で身を固めていた。

彼は天音さんに向けてニッと笑うと、踵《きびす》を返して洞窟の奥へと消えて行く。

「待って、父さん！」

天音さんは走り出そうとする。

しかし、その手をそっと取り、引き止めるものがいた。

「放せ！」

天音さんは振り向く。彼の視線の先にいたのは、黒いベールを被った美しい人であった。

僕には、見覚えがあった。幻想に引き込まれる直前に、天音さんの元へ駆け寄った人だ。

彼は、中性的な美しい顔立ちを哀しみに歪め、天音さんに向かって首を横に振る。

「お前は、もしかして……」

天音さんは気付いていた。自分を止めた人物が、エルバ島のトルマリンの石精だということに。

天音さんが踏み出そうとした道の先は、地面が大きく裂けていた。

まるで、此岸《しがん》と彼岸《ひがん》を分ける川のようなそれは、天音さんを呑み込もうと大きな口を開けていた。

「あなたも――」

トルマリンの石精は、掠《かす》れたような声で言った。

「私と同じ。だから、迷わないで」

「お前と、同じ……？」

トルマリンの石精の哀しげな視線と、天音さんの驚愕した視線が交わる。

その瞬間、洞窟の中のトルマリンはそれぞれの色に輝き、周囲は真っ白に塗りつぶされたのであった。


気付いた時には、僕達は世田谷の道端にいた。

よく晴れた空に鳥が飛び、遠くからは子供が遊ぶ声がする。

僕は箱を手にしたまま棒立ちになっていて、天音さんはエルバ島のトルマリンを手にしたままへたり込んでいた。

「夢……か？」

「そうとも言えるね」

天音さんに答えたのは、雫だった。天音さんはびくっと身体を震わせ、雫から距離を取る。

「今のは、君と縁を繋いだ石精が見せた幻想さ。彼のメッセージが、詰まっていたはずだよ」

天音さんは、自分の手の中にあるエルバ島のトルマリンに視線を落とす。

あの時の会話は、僕にも聞こえていた。

エルバ島のトルマリンは、自分と天音さんを重ねていた。そして、天音さんは父親の幻影を追おうとしていた。僕が、いつぞや見た幻想の中で、祖父の幻影にすがりそうになったのと同じように。

「天音さんも、お父さんがいなくなったのが悲しいんですね……」

僕の言葉に、天音さんは顔を強張らせた。

「そのトルマリンも、元々は天音さんのお父さんに大事にされていたわけじゃないですか。だから、お父さんがいなくなってしまったことを悼み、喪に服しているんだと思うんです」

それがゆえに、元々、黒い頭をしたトルマリンだったが、幻影の中でも喪に服すようになってしまったのだろう。

「だから、俺と同じだと……？」

天音さんの問いに、「おそらく」と僕は頷く。

だけど、天音さんは鼻で笑った。

「冗談じゃない。俺は、いなくなって清々したと思ってる！　最後まで、俺や母さんじゃなくて石のことばかり……！」

天音さんは、憎悪を剝き出しにして叫ぶと、手にしていたエルバ島のトルマリンを僕に押し付ける。

「鉱物なんて、大っ嫌いだ……！」

突き刺すような悪意の言葉。

それを僕と雫に吐き捨てて、天音さんは立ち去っていく。

僕は手にした箱の中の鉱物達を支えるので精いっぱいで、その後を追うことは出来なかった。


「で、石を返せずに持って帰った、と」

山桜に戻った僕達に、イスズさんは小さく溜息を吐いた。

トルマリンを含む鉱物達は、今は、カウンターの上に置かれている。僕はイスズさんが用意してくれた椅子に、ぺたんと腰を下ろしていた。

「大丈夫かい、樹」

雫は心配そうに顔を覗き込む。

「うん……。なんか、ちょっと衝撃的で」

「鉱物が嫌いって言われたことかな？」

「……そう。鉱物に興味がないっていう反応は今までもちらほら経験したけどさ、嫌いって言われたのは初めてでさ」

「言葉は、ナイフよりも鋭い時があるからね。ゆっくり休むといい」

雫は、僕の肩にポンと触れる。硬くてひんやりした手のひらだったけれど、優しい感触だった。

「石は、俺が預かっておく」

イスズさんはそう言いながら、僕に緑茶を淹《い》れてくれた。淹れたてのお茶から立つ白い湯気は、冷たくなった僕の心を癒してくれる。

「だが、あいつがここに戻って来るかどうかは分からないな……」

「個人情報は、何も置いて行かなかったんですか？」

「同意書があれば、保護者に連絡が取れたんだが」

暗に何も無かったと、イスズさんは言った。

「分かるのは、通っている高校と名前くらいですかね。流石《さすが》に、高校の校門で張り込みをして、自宅を特定するなんてこと出来ないし」

「そいつは、ストーカー被害を受けたとして警察に通報されても仕方がないな」

「ですよね……」と僕は頷いた。

「まあ、安心しろ。こいつらは、うちで責任を持って保管するさ。お前も、あいつの手掛かりを見つけたら教えてくれ」

「分かりました」

僕が頷くと、イスズさんは鉱物が入った箱を片付け始めた。緩衝材を足してみたり、店の中にあった段ボールで蓋をしてみたりと、鉱物が傷つかないように配慮してくれていた。

僕は、辺りを見回す。

しかし、あの黒いベールの石精は見当たらなかった。

「雫、あの人は何処に行ったんだろう……」

「存在はしているけれど、姿を現すほどの力がないようだね。彼から受け取ることを拒絶され、置き去りにされてしまったから……」

雫は、哀しそうに目を伏せる。

「縁が、繋がっている本人によって切られちゃったってこと？」

「……そうなっていないことを祈るよ」

石と縁が繋がっていれば、石精を見ることは出来る。

でも、その縁を拒絶してしまったら、どうなってしまうのか。

やはり、本人には石精が見られなくなってしまうのだろうか。そして、石精はいなくなってしまうのだろうか。

「何としてでも、天音さんに鉱物を返さないと……」

エルバ島のトルマリンの石精の、哀しそうな表情が瞼に焼き付いて離れない。

天音さんに拒絶されてしまった今、彼はさらに深い哀しみに沈んでいるのだろうか。

だけど、天音さんを責める気持ちは湧き上がらなかった。石精は、天音さんもまた、同じように悲しんでいると言っていたから。

「僕も、彼のことは気になるしね。一筋縄では、行かないようだけど」

雫は苦笑する。

「でも、きっとまた会える。石に惹かれる者同士は、惹かれ合うから」

「石に、惹かれる……」

だけど、天音さんは嫌いだと言っていた。

僕の心を読んだかのように、雫は付け足す。

「『好き』の反対は『嫌い』ではなく、『興味がない』なんだと聞いたことがある。好きと嫌いは紙一重でね。そう思うと、彼もまた、石に惹かれる者なのさ」

「……好きの反対じゃ……ない」

「鉱物に惹かれてはいるんだよ、とても。それが、良い方向ではないだけで」

「それじゃあ、まだ……」

「きっと、縁は繋がっている。あとは、それを正しい形にしたいところだね」

「うん」

僕は頷き、湯飲みに注がれたお茶をじっと見つめる。

水面に揺らぐ僕の顔は、決意に満ちていたのであった。

方解石の憂鬱

第二話

Episode 2
Melancholy of
Calcite

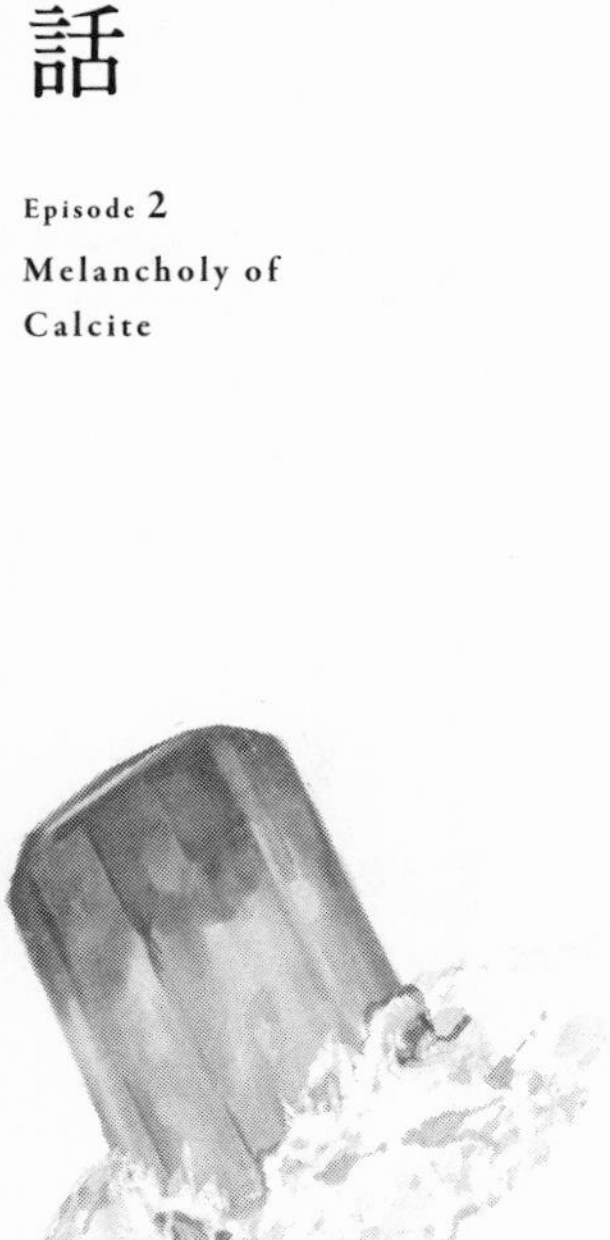

その日、理科の授業で石を配られた。

配布されたのは二つの透明な石だった。

片方は菱形《ひしがた》、もう片方は短い円柱だった。菱形の方はよく澄んでおり、円柱の方は少しだけ白濁していたが、いずれも石の向こう側の景色が透けて見えるほどだった。

「菱形の石は方解石《ほうかいせき》、丸い石はテレビ石っていうんだ」

理科を担当する岩井《いわい》先生は、僕達に石が行き渡ったのを確認してから、解説を始めた。

岩井先生はまだ若い男の人で、今年赴任してきたばかりだという。

優しそうな顔立ちのせいもあってか、クラスの女子に人気があるようだった。今も、女子の何人かが、齧《かじ》り付くような真剣さで授業を聞いている。

一方、僕は最初の授業の時に、岩井先生から、ちょっとだけ律さんや楠田さんと同じような匂いを感じ取っていた。

この人は、鉱物が好きなような気がする。直感的に、そう思っていた。

そんなことは露知らず、岩井先生は二つの石を掲げてみせる。

「この二つの石を、教科書に向けてごらん。文字がどんな風に見えるかな？」

「どれどれ……」

僕達は先生に言われるままに、方解石とテレビ石を教科書の文字に重ねてみる。すると——。

「あっ」

思わず、声をあげてしまった。

二つの石は、すんなりと教科書の文字を透過させたのだが、方解石は文字が二重に、テレビ石は文字が浮かび上がって見えたのだ。

教室のあちらこちらから、僕と同じような声があがる。近くの席にいる学《まなぶ》も、「うわ、なにこれ」と叫んでいた。

「面白いでしょう。テレビ石の正式名称は、ウレックス石というんだけどね。この特徴から、すっかりテレビ石という呼ばれ方の方が定着しちゃって」

岩井先生は、僕達の反応を見て満足げにそう言った。しかし、学は不思議そうに尋ねる。

「でも、テレビっていう割には、ぼんやりしてませんか？」

「……昭和のテレビは、そんな感じだったんだよ」

岩井先生はジェネレーションギャップを感じてか、少しだけしょんぼりした様子で答えた。

「まあ、私も昔懐かしい昭和のブラウン管のテレビを見て育ったわけではないけれど。4Kや8Kが当たり前になると、テレビ石という名前自体が廃《すた》れてしまうかもしれないね」

確かに、今のテレビは実際以上に鮮明なのではないかと思うほど、美しい映像を映し出してくれる。

「その時こそ、ウレックス石っていう名前の方が知名度を増しそうだ」

「でも、ウレックス石って言われてもピンと来ないっすよね」

「そうなんだよね。テレビ石っていうと、みんな覚えてくれるけど」

岩井先生は苦笑した。

「ただ、テレビ石のこの現象は、グラスファイバー効果といって、胃カメラや光通信などに使われているものと同じなんだ。繊維状の結晶が同じ角度で隙間なく並んでいると、こういう効果を発揮するのさ」

「えっ。それじゃあ、光通信とかの技術には、このテレビ石が……」

学はテレビ石をまじまじと見つめる。だけど、岩井先生は首を横に振った。

「残念ながら、テレビ石は特定の産地でしか見つからない珍しいものなんだよ。こうやって、私が教材に使うくらいは産出するけれど、工業的に使うほどは採れないのかもしれないね」

因《ちな》みに、主な産地はカリフォルニア州だという。塩湖が干上がって出来た地層の中から産出するらしい。

「じゃあ、貴重なものなんですね」

「うん。方解石は何処《どこ》でも採れるんだけどね。この日本でも産出するし」

方解石は、英名ではカルサイトという。

祖父のコレクションの中にも幾つかあって、いずれも厳重に保管されていた。モース硬度が低く、劈開《へきかい》があるので、ちょっとしたことで欠けてしまうからだった。

「方解石の文字が二重に見える現象は、複屈折っていうんだ。これは、方解石ならではの現象ではなくて、硫黄や白鉛鉱《はくえんこう》、苦灰石《くかいせき》なんかも同じ現象を引き起こすんだよ。ただ、この中だと方解石が一番お手軽なんだよね」

「へー」と学は感心した声をあげた後、不意に僕の方を振り返った。

「――だってさ。樹のうちにも、方解石っていっぱいあるわけ？」

「それなりには……」

「こういうのも？」

学は、岩井先生が配ってくれた菱形の方解石を見せる。

「あった気がする」

「気がする？」

不思議そうな顔をする学に、僕は声を潜めながら答えた。

「方解石の名前が記されたラベルの石、形や色がいっぱいあってさ。菱形だけじゃなくて、ツンツンしたのとか、ゴツゴツしたのとか、派手なピンク色のとか。だから、全部覚えきれなくて」

「そんなに、色んな種類があるわけ⁉」

学は目を丸くする。

「そうだよ。みんながよく知っている、石灰や大理石、鍾乳石《しょうにゅうせき》だって方解石から出来ているんだ」

僕達の会話を聞いていた岩井先生は、黒板に化学式をさらさらと書いた。

「方解石を構成しているのは、炭酸カルシウムなのさ。こっちは工業的にもセメントや顔料、歯磨き粉や製鉄など、様々な分野で活《い》かされているんだよ」

「方解石は身近な石なんですね」

学の言葉に、「そう」と岩井先生は頷《うなず》いた。

「因みに、草薙君の家にも石が沢山あるのかな？」

話題の矛先をいきなり向けられて、「は、はい」と僕は咄嗟《とっさ》に頷いた。

「よく、鉱物採集に行くのかい？」

「祖父が行ってたんです」

僕の言葉を聞いて、岩井先生は何かを悟ったらしく、「失礼」と申し訳なさそうに目を伏せた。

「あ、いえ。祖父のことはもう、気持ちの整理がついたので。今は、祖父のコレクションの整理の方が大変ですね」

「ああ。お祖父《じい》さんは、かなりのコレクターだったんだね？」

「土蔵に沢山って感じです……」

僕はちょっとだけ困ったように笑って見せるものの、岩井先生は表情を輝かせる。

「へぇ、いいなぁ。長い間鉱物採集をされていたんなら、今はもう見られない鉱物もありそうだね。今度、草薙君の家に――」

岩井先生はそう言いかけて、ハッと我に返る。

僕が目を丸くして見つめ返しているのと、学達がぽかんと口を開けて先生の様子を見ているのに気付き、咳払《せきばら》いをして先生の顔つきに戻った。

「実は、私も鉱物が好きでね。学生時代は、鉱物採集もちょっとやっていたんだ。何なら、理科の授業を全部地学にしたいくらいなんだけどね……」

ははは、と岩井先生は苦笑する。女子達は「えっ、それでもいいんですけど」「むしろ聞きたい！」と声をあげた。

正直なことを言うと、僕もその方が嬉《うれ》しい。

岩井先生からは、祖父の手記や律さん達の話とは、また違った話題が聞けそうだったから。

「ご好評なのは有り難いんだけど、私が校長先生から怒られちゃうからね。地学以外もやらないと」

「でも、また石を持って来て下さいね！　今度は蛍石《ほたるいし》とか！」

目をキラキラさせて挙手をしたのは、山下さんだった。トルマリンに心を奪われていたけれど、蛍石への愛は健在らしい。

「蛍石も面白いよね。紫外線を当てると蛍光するし」と岩井先生は頷いた。

「そうなんですよね！　幻想の世界に誘われる感じがホントに素敵で」

山下さんは、夢見る乙女の顔でうっとりする。

「岩井先生のコレクションも見てみたいです！」

「うーん。コレクションっていうほど持ってないけど」

岩井先生は、困ったように眉尻を下げる。

「でも、蛍石を熱して蛍光させる実験もしてみたいね！」

「蛍石を熱する⁉」

山下さんは、とんでもないと言わんばかりに目をひん剝《む》いた。

「えっ、あっ、あの可愛《かわい》い蛍石を熱して、大丈夫なんですか？」

「あれって、割れて弾《はじ》けるんじゃあ……」

僕が呟《つぶや》くと、岩井先生は「その通り！」と頷いた。

「その通り、じゃないですよ！　蛍石を割るのは駄目、絶対！」

山下さんは悲鳴に近い声をあげながら、断固拒否する。

「試験管の中に入れて、飛散しないようにすれば大丈夫。蛍石は本当に綺麗《きれい》に光るから、是非、見て貰《もら》いたくてね」

「でも、勿体《もったい》ないし……」

「い、言っておくけど、結晶がちゃんとした標本は使わないからね。鉱物採集に行った時に見つけた破片が沢山あるから、それを使うんだよ」

「あ、なーんだ」

岩井先生の言葉に、山下さんは胸を撫《な》で下ろす。

「それにしても、草薙君はよく知っていたね。それも、お祖父さんが教えてくれたのかい？」

「それは……」

教えてくれたのは雫だ。

雫と出会ったばかりの時に、蛍石を熱してはいけないと僕に忠告してくれたことを思い出す。あの時は、鉱物のことはまだ何も知らなかった。

「友達です。鉱物にとても詳しくて、よく、教えて貰っているんです」

「それはいいね。身近なところに鉱物が好きな人がいると、どんどん世界が広がっていくよね」

「はい」と僕は迷うことなく、岩井先生に頷いた。

それから岩井先生は、蛍石の塊をみんなに配って劈開の性質を活かして八面体に加工したいとか、石を割るジオードクラッキングをしてみたいとか、希望に胸を膨らませながら授業を続けてくれた。

そんな時間は、あっという間に過ぎて行く。

気付けば、あと五分で授業が終わるという時間になっていた。岩井先生は「いけない。つい夢中になってた」と慌てつつ、方解石とテレビ石を回収すべく、前の席から箱を回し始める。

みんな、名残惜しそうに二つの石を箱の中に入れていた。僕もまた、「今日は有り難う」とお礼を言いながら、二つの石を然《しか》るべき場所へと収める。

しかし、ほとんどが回収し終わり、すっかり重くなった箱を次の生徒に手渡そうとしていた時、事件は起こった。

「あっ！」

悲鳴と共に、何かが砕けた音が聞こえた。あまりにも呆気《あっけ》なく、儚《はかな》く、ゾッとするような音だった。

「ご、ごめんなさい！」

見れば、青ざめたクラスメートがいた。

彼は確か、影山《かげやま》君だったか。平均的な体格と平凡な髪形の、特徴がないという意味で整った顔をした男の子だ。

彼の足元には、砕けた方解石があった。重くなった箱を片手に持ちながら、自分の方解石を入れようとしたせいで、バランスを崩したのだろう。

クラス全体が静まり返る。

皆、影山君の足元にある破片を見て、息を呑《の》んでいた。

「大丈夫かい？　怪我《けが》は？」

そんな中、岩井先生は咄嗟に歩み寄り、影山君の身を案じた。

「い、いえ。僕は大丈夫なんですけど……方解石が……」

「君が大丈夫ならば、それでいいよ。流石《さすが》に、みんなの石が入った箱はちょっと重かったよね。ごめんね」

岩井先生は、影山君の無事を確認して安心したように微笑《ほほえ》むと、ずっしりした箱を受け取って、残りの石を自ら回収する。

「幸い、方解石ならばいっぱいあるしね。それに、ちょっと面白い話が出来そうだから。禍《わざわい》を転じて福と為《な》すってところかな」

石が入った箱を教卓の上に置くと、岩井先生は砕けた方解石に歩み寄る。そして、動けないでいる影山君の手のひらに、大きめの破片を載せた。

「この破片の形、よく見て」

「あ……。砕ける前と、同じ形……」

岩井先生は、影山君に向かって頷いたかと思うと、その破片を僕達にも見えるように掲げてくれた。

「方解石にも、劈開という割れ易《やす》い方向があってね。こうやって割ると、同じ形の破片が生まれ易いのさ。劈開がない石は、ただ割っただけだとこんな形に綺麗にならないけれど、方解石は完全な劈開があるお陰で、比較的綺麗に割れるのさ」

「蛍石よりも？」

劈開と聞いて黙っていられなくなったのか、山下さんは首を傾《かし》げる。

「そうだね。方解石は蛍石よりも脆《もろ》いから、砕け易くてね。砕け易いということは、綺麗な破片が出来易いということでもあるんだよ」

「成程《なるほど》……。その発想はありませんでした……」

山下さんのみならず、他の生徒達も感心したように頷く。僕もまた、その中の一人だった。

「これは、君にあげよう。記念に取っておいてよ」

岩井先生は冗談っぽく笑いながら、方解石を影山君の手のひらの上に載せた。影山君の表情からは、すっかり怯《おび》えは消えていて、ただただ、目を瞬かせている。

そうしているうちに、授業終了のチャイムが鳴り響く。

岩井先生は「また次の授業でも、鉱物を持って来るからね！」と大きな箱を抱えながら去って行ったのであった。

放課後、僕はいつの間にか理科準備室に足を向けていた。

岩井先生は普段、理科準備室にいると言っていた。放課後に先生を訪ねるなんて、初めてかもしれない。

隣の理科室の前はがらんとしていた。

普段は放課後の理科室を利用している化学部も、今日は部活がないようだ。

「……本当にいるのかな」

理科準備室の中からは、人の気配がしない。明かりもついていないし、先生は不在だろうか。

「うーん」

ノックをするのも躊躇《ためら》われる。もし、岩井先生がいた場合、何と言って入ったらいいやら。

「鉱物の話、聞きたいんだよなぁ……」

僕の目的ははっきりしていた。

だけど、先生を訪ねるという行為が初めてなので、どんな顔をしたらいいのか、どうすれば失礼じゃないのかと、頭の中で色んな考えがぐるぐると回ってしまう。

「あれ？」

迷っている僕の背中に声がかかる。思わず、「ひえっ」と声をあげてしまった。

その声は岩井先生のものではない。確実に聞き覚えはあるけれど、何処で聞いたかがすぐには思い出せなかった。

「草薙君、どうしたの？」

「あっ……、影山君」

振り返った視線の先にいたのは、影山君だった。

声に聞き覚えがあるのは当たり前だ。さっき聞いたばかりじゃないか。

だけど、影山君の声は、あまり特徴が無くて、印象に残り難《にく》かった。

「えっと、先生の話をもっと聞いてみたくて……。影山君は……？」

僕が尋ねると、影山君は困ったような顔で握り締めていた右手を開いた。その上には、小さな方解石が載っている。

「それって、授業で貰ったやつ……？」

「うん。僕が落としちゃったやつ」

方解石を見つめる影山君の目は、罪悪感に満ちていた。

「あの時のこと、もう一度謝りたいと思って。それに、鉱物を貰っちゃったのも、なんだか申し訳なくて……」

「別に、いいんじゃないの？　先生は気にしてなかったみたいだし」

「ううん……」

影山君は生返事をする。

「でも、心に引っ掛かるものがあるなら、話しておいた方がいいかもね」

「うん」

今度は、はっきりとした表情で頷いた。きっと、影山君なりに思うことがあるのだろう。

「そう言えば、部活は？」

何気ない質問だった。帰宅部だと答えられたら、僕もだと返すつもりだった。

だけど、影山君は僕の質問に、びくっと身体《からだ》を震わせた。

「あっ、ごめん。言いたくないならいいんだ」

因みに僕は帰宅部……、と付け加える僕に、影山君は重々しく口を開いた。

「テニス部やってたんだけど、あんまり長続きしなくて……」

「テニス部かぁ。練習、キツそうだもんね」

「その後は、バスケ部にもいたんだけど、それもちょっと……」

「へぇ、そうなんだ……」

あるある、と僕は頷く。部活を始めたものの、イメージと違うとか自分の生活時間と合わなくなるとか、色々な事情でやめてしまった人は少なくない。

「あと、化学部もやってたんだけど……」

「だいぶ多いね⁉」

思わず目を丸くする。しかも、今までスポーツ系の部活をしていたのに、いきなり文化系の部活に入るなんて。

「やっぱり、長続きしなさすぎかな……」

「いや、そこまで来ると、よくそんなに色んなことにチャレンジしようと思うなって感心しちゃうよ」

意外とバイタリティがあるのかな、と僕は影山君を見つめる。

身体つきも平均的で、筋肉がついているのか身軽なところがあるのか、それとも運動に全く向いていないのかも全然分からない。

特筆に値するようないいところもなさそうだし、特に欠点も見当たらなそうだった。

だからどの部活も、長続きしない理由が分からなかった。

だけど、あれこれと詮索するのは良くない。僕は、心の中で頭を横に振った。

「あれ？　化学部っていうと、岩井先生の……？」

「ううん。僕が化学部だったのは、一年生の頃だから。岩井先生はこの学校にまだいなかったんだ」

「成程……」

「今の化学部、とても楽しそうでさ。もう少し続けてれば良かった」

影山君は、羨望の眼差《まなざ》しで現在の化学部のことを見つめていた。

「化学部、戻れないの……？」

僕は遠慮がちに問う。すると、影山君は複雑そうな顔をした。

「戻れないこともないと思うけど……」

考えておく、と曖昧な返事をする。

「おや、どうしたんだい？」

背後から、また聞き覚えのある声がした。今度こそ、岩井先生のものだった。

僕と影山君は振り返ると、ぺこりと頭を下げる。

「す、すいません。先生に会いたくて……」

「私に？　それは嬉しいなぁ」

岩井先生は、嬉しそうに顔を綻ばせた。その手に、あの大きな箱を抱えている。

「あっ、その箱……」

「他のクラスでも、方解石とテレビ石の話をしたんだよ。でも、君達のクラスは一番食いつきが良かったね」

岩井先生はニコニコしながら、理科準備室の扉を開き、僕達を中へと促す。

「うちのクラス、草薙君が石好きだから……」

「えっ、僕⁉」

影山君に言われ、僕は思わず声を裏返してしまう。

「成程。草薙君がみんなに影響を与えていたんだね」

凄《すご》いね、と岩井先生は感心してくれた。

「そんな……僕に影響力なんて……。それに、僕の知識は全部、身近にいる詳しい人達から聞いただけのことですし」

「聞いたものだろうが何だろうが、みんなが知らないことに答えられるのは凄いと思う」

理科準備室に入りながら、影山君は言った。

「草薙君は知らないだろうけど、山下さんのグループ、よく草薙君のことを話しているんだ。鉱物のことで分からないことがあったら、草薙君に聞こうって」

まさか、そんな話をされているなんて。道理で、最近は山下さん以外の女子も僕に鉱物の話を振るわけだ。

「成程。草薙君はみんなの知恵袋なんだね」

岩井先生は、机の上に箱を置きつつ、感心したように言った。

「それほどのものでは……」

そんな風に話題になっていたなんて微塵《みじん》も想像していなかったので、照れくささのあまり、思わず身を縮こまらせてしまう。

「そんな知恵袋の草薙君は、もしかして、私の授業に興味を持ってくれたのかな」

「知恵袋はともかく、興味はかなり……」

僕は、こくこくと何度も頷く。

一方、影山君は僕にその場を譲るように、隅っこの方に下がってしまった。

「影山君？」

「僕のことはお構いなく。二人が話しているのを聞くのも、面白いから」と、遠慮がちに答える。

「いやいや。影山君も用事があって来たんでしょ」

僕は影山君の腕を摑《つか》み、岩井先生の前まで引っ張って来る。僕もあまり積極的な方ではないけれど、まさか、影山君がここまで消極的だとは。

消極的というよりもむしろ、周りの背景と同化しようとしていた影山君をその背景から引きずり出す。すると岩井先生は、俯《うつむ》きがちな影山君と目を合わせるように、少しだけ腰を落とした。

「影山君も、鉱物の話を聞きに来たのかな。それとも、他に何か？」

「それは……」

影山君は目をそらして口ごもる。

しかし、岩井先生は柔らかい表情のまま、じっと辛抱強く影山君の返答を待っていた。

「これ、お返ししようと思って」

影山君は小さな声でそう言って、岩井先生に方解石を差し出した。

岩井先生は一瞬だけ驚いたような顔をするものの、すぐに、「いいんだよ」と穏やかに苦笑した。

「記念に取っておいて。もし邪魔ならば、誰かにあげてもいいからさ」

「だけど、大事な教材なんじゃあ……」

影山君は、ちらりと方解石が入った箱を見やる。

「壊しちゃったのは僕ですし、ちゃんと弁償したいっていうか……」

でも、高価過ぎると無理かも、と影山君はしょんぼりしてしまった。

「ははっ、影山君は律儀だね。その気持ちだけで充分だよ。有り難う」

岩井先生は、影山君の肩をポンポンと優しく叩《たた》いた。

「授業で言ったように、方解石はありふれた石だからね。そこまで高価でもないし、滅多に手に入らないものでもない」

「こんなに綺麗なのに……？」

確かに、影山君が手にした方解石は綺麗だった。

割れても尚《なお》、角がシャープな菱形を保っていて、石の向こうの背景が透けるほどに透明であった。壊してしまった挙句、タダで貰えてしまうことに罪悪感を覚える気持ちも分かる。

「まあ、綺麗だけどいっぱい産出するものもあるしね。水晶だって、その一つだし」

「水晶も？」

影山君は、目を丸くする。僕は思わず、ハッとした。

「水晶というか、石英かな。石英の中でも結晶が美しいものを、水晶っていうんだ。石英は大地の中にも含まれていて、身近な鉱物の代表格なんだよ」

「へぇ……」と影山君が目を輝かせた。

「身近に鉱物を感じられると楽しいよね。――ねぇ、草薙君」

岩井先生は、すっかり聞き入っていた僕に話題を振る。「そ、そうですね！」と慌てて何度も頷いた。

「水晶が身近にあるって、なんだか変な感じ……」

首を傾げる影山君に、岩井先生は「だろうね」と同意した。

「まあ、綺麗に結晶したものは、身近な自然では頻繁に見られるものではないけど。因みに、人工的に結晶させたものならば、時計の中に入っているかもしれないね」

水晶振動子《しんどうし》として、と岩井先生は自分の時計を指さしながら言った。影山君は、「そうなんだ……」と腕時計を凝視していた。

「前置きが長くなってしまったけど、とにかく、気にしないでってことを言いたかったんだ。教材で使う以上、多少の破損は織り込み済みだしね。あと、あのくらいの大きさになっちゃうと教材として使えないから」

「じゃあ、行き場が無くなっちゃったんですね……」

影山君は、余計に落ち込んだように俯いた。

「まあ、その代わり、影山君の手の中に転がり込むことが出来たけどね。尤《もっと》も、君が方解石を受け取ってくれれば、だけど」

岩井先生がそう言うと、影山君は改めて方解石を見つめる。

彼はしばらくの間、じっと方解石を凝視していたが、やがて、決心したような顔で頷いた。

「この方解石、やっぱり僕が引き取ります。これも、縁だと思って」

「うん。有り難う」

岩井先生は、ホッとしたように微笑んだ。

「教材にならなくなったとはいえ、むやみやたらに鉱物標本を廃棄するわけにもいかなくてね。だからと言って、溶かしてしまうのは忍びないと思って」

「溶かす……？」

不吉な単語が聞こえた気がする。

僕と影山君は、揃《そろ》って首を傾げた。

「そう。方解石は塩酸で簡単に溶けてしまうんだよ」

岩井先生は、笑顔のまま言った。

準備室の戸棚から大きめの瓶を取り出し、塩酸と書かれたラベルを見せてくれる。因みに、方解石ほどの強い反応は示さないものの、苦灰石という鉱物も塩酸で溶けるのだという。

「石が、溶ける？」

影山君は信じられないといった表情だった。

「まあ、岩塩も水で溶けるし、よく考えてみたら珍しいことでもない……のかな」

首を傾げる僕に、影山君は「岩塩も石なんだ……！」と目を白黒させていた。

「石である前に、原子で構成された物質だしね。石だろうが人間だろうが、化学反応は起こるものだよ」

それはさておき、と岩井先生は、大きなリュックサックから新聞紙に包まれた塊を取り出した。

「よっこらしょ……」

「重そうですね……。何ですか、それ」

僕が尋ねると、岩井先生は新聞紙を開きながら答えてくれる。

「友人が採集して来た水晶だよ」

岩井先生は、新聞紙の中から水晶を取り出す。僕と影山君は、揃ってそれを見つめていた。

一体、どんな美しい水晶が飛び出すことだろう。いいや、クリーニング前だとしたら、まだ土を被《かぶ》っているかもしれない。

でも、採集品ならではの豪快さが窺《うかが》えるかもしれない。

そんな期待に胸を膨らませる僕だったけれど、目の前に現れたのは、白っぽい塊だった。

「これ、水晶……ですか？」

確かに、水晶らしき透明な部分も見えるけれど、白濁した石がしっかりとそれを包み込んでいるので、ただの大きな石の塊に見える。

「水晶に方解石がついているんだ」

「あっ、これ、方解石だったんですね！」

よく見れば、白濁の石にはテラテラと輝く劈開面が窺える。ちゃんとした結晶面は見つからなかったので、一瞬、何の石だか分からなかった。

「方解石はありふれた石だからね。こうやって、他の鉱物にくっついて出ることがままあるのさ」

岩井先生はその塊を机の上に置き、今度は盥《たらい》を用意し始めた。

「もしかして、その方解石を……」

影山君は、些《いささ》か青ざめた顔で塩酸を見やる。それに対して岩井先生は、「うん」と頷いた。

「方解石を溶かして水晶だけを取り出すんだよ」

「でも、そうしたら方解石がなくなっちゃうんじゃあ……」

「そうしないと、綺麗な水晶が日の目を見られなくなっちゃうんだ」

岩井先生は苦笑しながら、塩酸を盥に入れる準備をする。影山君は、慌てるように続けた。

「す、水晶を取り出したいから方解石を溶かすなんて……。そ、そんなに簡単に溶かしていいものなんですか⁉」

岩井先生は、少し困ったように笑いながら答える。

「友人の言葉を借りると、方解石は他の石を守る梱包材《こんぽうざい》みたいなものだからね。影山君だって、通販で買い物をして品物が届いたら、梱包材を捨てて品物だけ取り出すだろう？」

その言葉に、影山君はハッとする。何かを言おうと口をパクパクさせるが、結局、

「そう……ですね」と頷いただけだった。

「影山君……」

僕は、影山君の反応が気になって声を掛ける。

だけど、影山君は首を横に振って、踵《きびす》を返した。

「僕、もう帰ります」

「えっ、うん……。これから、方解石を溶かすのを実演するけれど、見て行かなくていいの？」

岩井先生は面食らったように尋ねる。

「いえ、この後、塾があるので……」

影山君はそう言い残して、逃げるように理科準備室を立ち去る。

「影山君！」

僕は咄嗟に追いかけようとしたけれど、影山君は思った以上に足が速くて、あっという間に見えなくなってしまっていた。

「……無理に引き止めちゃったかな。それとも、何か癪《しゃく》に障《さわ》ることでもしちゃったかなぁ」

岩井先生は、些か落胆したようだった。

「方解石を溶かすっていうのが、衝撃的だったとか……」と僕は岩井先生に向き直る。

「どうせだったら、それにも興味を持って欲しかったんだけどね。授業では、方解石を溶かす実験なんて出来ないし」

それこそ、標本の数が足りなくなってしまうのだという。僕達は、貴重な実験が見られるところだったのか。

「草薙君は、方解石を溶かすところなんて珍しくないんだろう？」

「いいえ。祖父が生きていた頃は、祖父の趣味にあまり関心が無かったので……」

もしかしたら、祖父も鉱物採集で方解石に包まれた標本を見つけては、方解石を溶かしていたのかもしれない。そう言えば、庭で盥を前にして作業をしていたのを見たような気がするけれど、それは、方解石を溶かす作業をしていたのかもしれない。

だけど、今となっては確認の仕様がなかった。

「じゃあ、見ていく？　って言っても、一瞬で溶けるわけじゃないけどね。明日の朝、また様子を見にくる形になるかな」

「うーん……」

影山君の、青ざめた表情が脳裏を過《よ》ぎる。

それが、僕に首を横に振らせてしまった。

「今日は遠慮しておきます。またの機会に……」

「そうかい？　また、同じような標本が手に入るとは限らないけど」

心底残念そうな岩井先生の表情を見ると、罪悪感で胸が痛む。

だけど、僕は頑《かたく》なに首を振って、暇《いとま》を告げたのであった。


帰路では、ずっと影山君のことが気になっていた。

彼が見せた胸が詰まるように苦しげな表情は、いつまでも頭の中に残って離れなかった。

自宅に帰るなり、鞄《かばん》を持ったまま土蔵に向かう。胸を締め付けられるような感覚から、何とか逃れようとするかのように。

「おかえり、樹」

「ただいま、雫」

土蔵の中では、雫と鉱物達が変わらぬ姿で僕を迎えてくれた。

裸電球の優しい光と、それに反射する雫の髪の柔らかい輝きが、僕の心を癒してくれる。

「今日は、少しアンニュイな日のようだね」

雫は、椅子を用意してくれながら言った。そのアンティークな椅子に腰を下ろしながら、僕は苦笑する。

「雫は何でもお見通しだね」

「いいや。分からないことの方が多いよ」

「そうかな？」

僕は、思わず首を傾げてしまう。雫には、よく考えを読まれている気がするのに。

「そうだよ。だからこそ、この世界は楽しいのだけど」

「それは分かる」

僕は深々と頷いた。

「知らないことがあるということは、これから知る楽しみがあるということだからね。知らないと自覚することから、楽しみが始まるのさ」

「そうだね。今まで、知らないことは恥ずかしいことだと思っていたけれど」

雫の言葉に、僕は再度頷いた。

「樹は好奇心旺盛だしね。知らないことを自覚して知ろうとする努力を惜しまなければ、生涯を通して、楽しい日々を過ごせると思うよ」

「へへ……。そうなれるように、頑張るよ」

雫の柔らかい声は心地《ここち》好《よ》くて、優しく撫でられているような気分になる。

撫でられて喜ぶ歳《とし》でもないけれど、雫の存在は祖父を彷彿《ほうふつ》させるから、つい、童心に帰ってしまう。

「雫も、好奇心は旺盛な方だよね」

僕の言葉に、「そうだね」と雫は頷いた。

「これで、自分で自由に歩ける足があれば最高なんだけど」

「あっ、そうだった……」

雫の本体は、彼の傍《そば》に置いてある日本式双晶《そうしょう》と呼ばれる水晶だった。

僕といる時は、ずっと石精《いしせい》の姿を見せているので、彼が自由の身ではないことをつい忘れてしまう。

「でも、樹が外の楽しい話を教えてくれるから、そこまで不自由を感じたことはないよ」

雫は、穏やかに微笑む。

「待ってる間、暇じゃない？」

「僕達は、長い年月をじっとしていたからね。待つことは苦ではないのさ」

「……そっか。そうだよね」

それこそ、僕の人生の何百倍や何千倍、下手したらそれ以上の年月を地面の下で過ごしてきた相手だ。忍耐強さは計り知れないほどあるだろう。

「待っている間、樹のことを考えているのも楽しいし」

「僕のことって、どういうこと？」

「今は学校で何をしているのだろうとか、今日はどんな話を持って来てくれるのか、とか」

「それなんだけど……」

影山君のことを思い出し、今日の出来事をぽつぽつと話す。

岩井先生が意外と鉱物について詳しかったこと、方解石を溶かそうとしていたこと、影山君の様子がおかしかったことを。

雫は、相槌《あいづち》を打ちながら聞いてくれていた。

「成程。今日はそんな出来事があったのだね」

「お祖父ちゃんも、方解石を溶かしていたの？」

僕が恐る恐る問うと、「うん」と雫は頷いた。

「方解石が別の石を包んでしまって、取り出せない時にやっていたね。僕はあまり、そっちに意識を向けないでいたけれど」

「石精的にも、塩酸で溶かすのはあまり良くないの？」

僕の問いに、雫は苦笑しながら答えた。

「あまり気持ちがいいものではないかな。僕達に痛覚は無いけれど、化学反応を起こして分解してしまったら、別の物質になってしまうわけだしね。僕だって、溶けてしまったら水晶としてのアイデンティティが失われてしまう。そうなったら、自分を保てなくなると思うんだ」

「その鉱物としてのアイデンティティ……か」

溶けたからと言って、消えるわけではない。分解されるだけで、構成していた原子はちゃんと残っている。

だけど、方解石が溶けたら方解石ではなくなってしまうので、アイデンティティは失われてしまう。

「うーん……。先生が溶かそうとしたの、止めた方が良かったかな」

「だけど、方解石を溶かさないと、他の石を取り出せないのも事実なのさ。土を掘り起こしたり岩を発破して崩したりするのと同じように、他の石を取り出すために方解石を溶かすのも仕方がないことだとは思う」

「……難しいところだね」

腕を組んで考え込む僕に、雫はくすりと笑った。

「樹は、方解石のことも気にかけてくれるのかい？　優しい子だね」

「い、いや……。だって、梱包材みたいなものだなんて、あんまりだと思って。方解石だって鉱物なのに」

「方解石が他の石を包むことで、他の石を衝撃やらなにやらから守っているという意味で、感謝を込めての言い方だったのかもしれないね。まあ、樹が感じた、ないがしろにしたようなニュアンスもあったのかもしれないけれど」

それは、発言した岩井先生本人でないと分からない。

雫はそう言って、話題を変えた。

「方解石を溶かすかどうかはその先生に任せるとして、樹のクラスメートのことは気になるね」

「うん……。影山君、元気がなかったみたいだから」

「彼は、どういう子なんだい？」

雫の問いかけに、僕は考え込んでしまう。

「どうって……影が薄いというか……」

一言で言うと、特徴がない。

勉強の成績も、スポーツの成績も、可もなく不可もないようだ。良いという評判も、悪いという評判も聞かない。

そして、見た目も普通だ。

顔立ちは整っていると思うけれど、それは、欠点が無いというだけのことだった。好感をすごく持てるわけでもないし、かといって不快感を与えるわけでもない。

「もしかしたら、昨日、初めて喋《しゃべ》ったのかも。部活を色々やってたことも、初めて知ったし……」

色々な部活に関わっていたのに、クラスメートが影山君のことを話題にしていたことがない。だから、僕もびっくりしてしまった。

「あと、あんまり話の輪に入りたがらないのかな。僕と岩井先生が話している時に、一歩下がった場所から聞いていたから」

「無意識のうちに、聞く側に回ってしまうタイプなのかもしれないね。僕も、人の話を聞くのが楽しい時は、黙ってしまうけど」

「雫は、存在感の塊だからなぁ……」

黙っていても存在感があるので、雫の影が薄いなどとは感じたことがない。

「影山君、方解石が溶かされそうになった時、ちょっと辛《つら》そうだった」

僕の言葉に、「ふむ」と雫は考え込む。

「方解石と自分を重ねていたのかもしれないね」

「自分を？」

雫がさらりと口にした言葉に、僕は目を丸くした。

「でも、方解石はありふれた鉱物だし、影は薄くないんじゃあ……」

「ありふれた鉱物だからこそ、あるのが当たり前になってしまってないがしろにされているると思ったのかもしれない。例えば、空気のようにね」

「あっ……」

空気と言われて、ピンと来た。

影の薄い人のことを、空気のような存在と揶揄《やゆ》することがある。空気は大事なものだけど、何処にでもあって存在を感じさせないから。

「地味な人を空気みたいって言うのも、なんか変だけどね。空気はむしろ、ありふれたものじゃなくて貴重なもののような気がするけど……」

水の中だと、人間が呼吸出来ないくらい薄いし、宇宙空間に行ってしまったら無いに等しい。標高が高い場所でも薄くなる。

「樹の視野が広いから、そういう考えが出来るんだよ。空気が当然のようにある場所で暮らしている人は、日頃はあまり樹のような考え方は出来ないのかもしれないね」

雫は、困ったように笑った。

「……いずれにしても、影山君の事情、僕は全然知らないからね。明日にでも、ちょっと話を聞いてみるよ」

「それがいい」

雫は頷く。

「その前に、少しだけ方解石について調べてみたらどうだい？」

「あっ、そうだね。お祖父ちゃんのコレクションも、改めて見てみたいと思ったんだ」

僕の言葉に、雫は嬉しそうに微笑んだ。

「彼らも、樹と会いたいだろうからね。コレクションは、誰かに見て貰ってこそ意味があるものだから」

雫はそっと僕に手を差し伸べ、方解石が収められている場所へと案内してくれたのであった。


翌日、僕はいつもよりも少し早く家を出た。すると、偶然にも昇降口で影山君と鉢合わせした。

「あっ、草薙君……」

「おはよう」

少し気まずそうな影山君に、僕は挨拶をする。すると、影山君も「おはよう」と返してくれた。

「昨日はごめん」

「何が？」

「いきなり帰っちゃってさ。あの後、草薙君は方解石を溶かすところを見たの？」

「ううん」

僕が首を横に振ると、「えっ」と影山君は意外そうな顔をした。

「何となく、見る気になれなくて」

僕が苦笑すると、影山君は余計に申し訳なさそうになってしまった。

「僕が、あんな態度で帰ったから……」

「そんなことないよ。正直言って、溶かすのはちょっと可哀相《かわいそう》だなと思っていたから」

僕は素直な気持ちを口にした。すると、影山君は少しだけ安心したようだった。

「岩井先生、方解石を塩酸に浸《つ》けちゃったのかな」

「どうだろう。塩酸は用意してたしね」

「あの方解石が無くなれば、綺麗な水晶が出てくるのかぁ」

「うーん」

溜息《ためいき》混じりの影山君に、僕は曖昧に相槌を打つ。

「塩酸に浸けたからって、方解石が完全に無くなるわけじゃないみたいだし、本当に綺麗な水晶が中に入っているかも分からないしね」

「それでも、方解石は邪魔ものなんだ。……ううん。邪魔ものにすらならない、空気なんだ」

「そんなことない」

僕は静かに、だけど間髪を容《い》れずにそう言った。

「草薙君……？」

「空気は何処にでもあるわけじゃないし、欠かせないものだし……じゃなくて、方解石だって、綺麗なものはあるし大事にされているものはあるんだ」

「そう……なの？」

「うん。あの方解石は、偶々《たまたま》ああいう巡り合わせになってしまったけれど、方解石をコレクションしている人だっているんだよ」

僕は、携帯端末を取り出す。昨日、祖父が集めたコレクションの一部を撮影しておいたので、それを影山君に見せた。

透き通った飴色《あめいろ》の、シャープな形の犬牙状《けんがじょう》の結晶や、薄い桃色の結晶が積み重なり、樹氷のようになったもの、二枚貝の一部が方解石になっているものもある。

その一つ一つを簡単に解説しながら影山君に見せると、彼は写真を切り替える度に「へぇ……」「凄い……」と感嘆の声をあげていた。

「僕が貰った方解石も、透明で綺麗だったしね。やっぱり、凄い石なんだなぁ」

「うん。繊細で取り扱いに注意しなきゃいけないけど、方解石もコレクションしたいくらい素敵な鉱物なんだよ」

「そっかぁ……」

影山君はポケットを探ると、透明な欠片《かけら》を取り出した。

それは、昨日、岩井先生から貰った方解石の欠片だった。あれから、御守りのように持っていたらしい。

「こいつは、僕よりも遥《はる》かに立派だったんだ」

「……その話、詳しく聞いていい？」

僕の問いかけに、影山君はキョトンとしていた。

「方解石のことなら、草薙君の方が詳しいじゃないか」

「違うよ。影山君のことを聞きたいんだってば」

「あ、そうなの」

僕と影山君は、苦笑し合う。

まだ少し早い時間だったので、昇降口にいる生徒は少ない。影山君は教室へ向かわず、下駄箱に寄りかかりながら話し始めた。

「僕、影が薄いからさ」

そうだね、と思ったものの、口を噤《つぐ》んで続きを促す。

「見た目も地味だけど、特技が無いんだよね。どんな部活をやっても、どんな遊びをしても、全然活躍出来なくて」

「そう、だったんだ……」

「目立ちたいな、って何度か思ったんだけど、さっぱりで」

影山君は、溜息を吐《つ》く。

「草薙君とクラスが一緒になったのは、これが初めてだけどさ。小学校の頃から目立たなかったんだ。僕の噂《うわさ》なんて、聞いたことないでしょ？」

「う、うん……」

僕は申し訳ないと思いながらも、頷いてしまう。

「でも、悪い噂も無かったし、いいんじゃないかな」

「いっそのこと、悪い噂で目立つのもアリだと思ったけど」

影山君は、冗談っぽくそう言った。だけど、目は真剣そのものだった。

「どうしてそんなに、目立ちたいの？」

僕は、どちらかというと目立ちたくない。道端の石ころくらいの存在感の方が、安心出来ると思っていた。

「目立つこと自体がいいわけじゃないんだけどさ。一生に一度でいいから、一目置かれたいよ」

影山君は本当に、何をやっても可もなく不可もないごく普通の結果になってしまうのだという。勉強もスポーツも、ゲームすらも。

「壊滅的に出来ないと、弄《いじ》って貰えるんだけどね。例えば、絵が目茶苦茶下手だとか」

確かに、絵が壊滅的に下手だと、一周回って愛されるようなキャラクターとして扱われることもある。

「でも、どれも何となく出来ちゃうんだ。出来るって言っても、まあまあとかそこそこって感じで」

「それも一種の才能だと思うけどね。僕は、運動が苦手で……」

「草薙君が握力テストで、女子以下の数値を叩き出したっていう話は聞いたことあるけど」

「えっ、なんでそれが広まってるの⁉」

僕は思わず、人目もはばからず悲鳴をあげてしまう。

影山君が言っていたことは真実だった。

去年のスポーツテストで握力を測った時、クラスの女子の平均値よりも握力が低いことが判明してしまった。それを見ていた学達には、爆笑された後、真剣に励まされ、山下さん達の間でも話題になっていた。

「もうあんなことで注目を浴びたくない。何としてでも、次のスポーツテストまでに握力を鍛えないと……」

黒歴史として葬り去ってしまいたい出来事だった。だけど、頭を抱える僕を見て、影山君は言った。

「ほら。それくらい出来ないと、話題になるんだよ」

「いや、これは要らない注目だからね……」

「僕くらいになると、そういう欠点すら欲しくなってくるんだ」

「影山君……」

俯く影山君に、どう声を掛けたらいいのかと迷う。

僕よりも握力があるんだからいいじゃないか、と言いたいのを堪《こら》え、頭の中を掻《か》き分けるようにして言葉を探した。

「特筆することもない僕は、どんな集まりでも話の中心になれない。いつも、誰かの話に曖昧な笑みを浮かべているだけ。面白い話を振れればいいんだけど、その力もほとんどなくてさ」

一般的な話題なら話せる。今日の天気がどうとか、近所で開催しているイベントがどうのとか、流行《はや》りの店がどうのとか。

だけど、そこから話を発展させるのにも限界がある。当たり障りのない話を、当たり障りのない程度にしか広げられず、最終的には、話をするのが得意な人がその場の主導権を握っている。

「何処にいても、居辛かった。自分の居場所は、ここじゃないような気がして」

「それは、大変だったね……」

僕は、影山君のように何事も平均的に出来るわけではないけれど、集団の中の居心地の悪さならば少しは分かる。

自分から話題を振る勇気があまりないから、いつも受け身になってしまって、興味がない話題の時も興味がある振りをしなくてはいけなかった。

だけど、最近は、そんなことはあまりない。

周囲からは、何となく鉱物キャラとして認識されているからだろうか。

学も、鉱物の話題を振ってくれることが多くなった。他の友達も、「石と言えば」と僕を頼ってくれることもある。山下さん達だってそうだ。

「自分が、何が得意とか、何が好きって、分かって貰うのは大切なのかもね。影山君は、何が好きなの？」

「えっと、好きなものは……」

影山君は、好きな映画と好きな俳優を教えてくれたけれど、どれも世間一般で人気があるものだった。好みまで平均的であった。

「割と普通でしょ」

「まあ、確かに……。でも、好みが分かれれば共通の話題で盛り上がれるしね。同じ映画や俳優さんが好きな人を探してみたら」

幸い、同好の士はすぐに見つかりそうだ。

「成程……。草薙君はすごいね。先生みたいだ」

「えっ、いやいや。そんなことないから……！」

「でも、的確にアドバイスをしてくれるしさ。そもそも、こんなことを喋ったのなんて、草薙君が初めてなんだよ」

影山君は、困ったように笑った。今まで、腹を割って話せる友人がいなかったのだという。

「そっか……。力になれたのなら良かった、かな」

なれたなれた、と影山君は頷く。

「それに比べて僕は、不甲斐《ふがい》ないよね。こんな有様なのに、こんなに綺麗な石と自分を重ねちゃうなんて」

「影山君……」

「いつか、自分の居場所を見つけられたらいいんだけど」

影山君の手の中で、方解石が照明の光を受けて輝く。その時だった、声が聞こえたのは。

――きっと見つかる。君が歩き続けている限りは。

「えっ？」

僕と影山君は、辺りを見回す。刹那、方解石が輝き、僕達の視界を包み込んだのであった。


気付いた時には、僕達は雪が積もった森の中にいた。

森だと思ったのは、雪を被った樹氷のようなものが辺りにずらりと立ち並んでいたからだ。

その形は様々で、平たい釘《くぎ》の頭を積み重ねたようなものや、仏様の頭のように球が積み上がっているものもある。

だけど、樹氷にしては様子がおかしい。

触ってみるとだいぶ硬い。僕はその感触に、覚えがあった。

「これ、えっ、雪景色……？」

影山君はきょろきょろしている。

「僕達、昇降口にいたよね？　夢でも見てるのか……？」

「えっとそれは……。まあ、そういうものだと思ってくれればいいよ」

戸惑う影山君に、僕は躊躇いながらも頷く。

「夢のようなものだけど、現実に起きていること。石精が見せてくれる幻想の中に、僕達はいるんだ」

「石精……？」

影山君が目を白黒させている前で、僕は樹氷のようなものに触れた。

「影山君、この感触に覚えはない？」

「樹氷に……？　って、硬っ！」

影山君は樹氷のようなものに触れた瞬間、ビックリして目を丸くする。

「しかも、冷たくない。雪じゃないのか……」

「多分、これは石だと思う。影山君の身近に来た――」

「もしかして、方解石……？」

影山君は、ピンと来たようだった。

これは、樹氷の森ではない。方解石の森だった。

「僕が貰ったのと全然違うけど、確かに、草薙君のお祖父さんのコレクションに似てるし……」

釘の頭が重なったような樹氷を見やりながら、影山君は言った。

「って、待って。僕の方解石は⁉」

影山君の手の中から、菱形の方解石は消えていた。慌てふためきながら、地面に這《は》い

つくばったりして方解石を探し始める。

「ごめん、草薙君も探して。このまま置き去りにしたら、あいつが可哀相！」

「影山君……」

「方解石が、自分と全然違うっていうのは分かったけどさ。でも、離れ離れになるのは嫌だよ……」

影山君は悲鳴にも似た声をあげる。

「それは、何故《なぜ》？」

問いかけの言葉に、影山君は迷うことなく答えた。

「昨日までは自分とただ重ねていただけだったけれど、今は、御守りみたいなものなんだ。邪魔ものにされちゃう時もあるけど、ちゃんと大事にされる時もある。そんな方解石が、僕でも活躍出来る場所があるって言ってくれているような気がしてて」

そこまで一気にまくし立てた影山君であったが、「あれ？」と不思議そうな顔をした。

問いかけたのは、僕の声ではなかった。

「今の、誰？」

「私だよ」

森の中でも一番大きな方解石の前に、透き通った髪のひとが佇《たたず》んでいた。

白い髪かと思いきや、風になびく度に、薄いピンクにも見えたし、飴色にも見える。

その、端整で中性的な容姿を見て、石精だと僕は悟った。

「君が探しているのは、この石かな」

石精は、陽《ひ》の光を受けてキラキラと輝く石を掲げてみせる。

「あっ……、僕の方解石！」

影山君の表情が、ぱっと輝いた。石精は影山君に歩み寄ると、その手に菱形の方解石を載せる。

「有り難う、ございます……！」

影山君が頭を下げると、石精は「こちらこそ」と微笑んだ。

「貴方《あなた》は、方解石の石精……？」

僕が尋ねると、石精は「そうだよ」と答える。

「ただの破片だった私を、一つの標本として、意味のあるものにしてくれた。私の方が、彼に感謝をしたいくらいだ」

石精は、不思議そうな顔をしている影山君の頭をそっと撫でる。影山君も、悪い気はしないのか、心地好さそうに目を細めた。

「不思議だな。初対面の筈《はず》なのに、もう顔見知りのような気がする」

「顔見知りなんだよ。私は昨日から君を見守っていた。そして、これからも」

「昨日？」

「そう、昨日」と石精は頷いた。

「もしかして……！」

影山君は、手の中の方解石と石精を見比べる。僕が教えなくても、正体を悟ったらしい。

僕は、半歩下がった。ここからは、彼らの時間だから。

「ほら、見て」

方解石の石精は、樹氷のように方解石が立ち並ぶ森の先を指し示す。

方解石の木々の向こうには、さらに様々な形の方解石が佇んでいた。

「わぁ……」

影山君は駆け足で森を抜け、他の方解石が集まる場所へと向かう。僕もまた、それに続いた。

「凄いな……。これ、全部方解石なの……？」

樹氷のような方解石と同じく、それらは全て、僕達よりも遥かに大きかった。

目の前の光景は、森というよりも奇石の集まりだった。

犬牙状の結晶が集まった群晶もあれば、ミルキーイエローの美味《おい》しそうな六角柱の方解石もあった。六角柱と言っても先端が平たいわけではなくて、よく見ると尖《とが》っている。

白い花のような方解石もあるし、キウイフルーツのような緑色の、ツンツンした方解石もある。

そんな中、名状しがたい形の奇妙な方解石もある。樽《たる》のように膨らんだ白い六角柱で、何故か真ん中から真っ黒な芯が飛び出しているという形だ。黒い芯の中は空洞のように見えて、フジツボを連想させてしまう。

他にも、カキの殻のような方解石や、薄いピンク色の方解石もある。ピンク色の方解石は、コバルトやマンガンが僅かに混ざっているのだと、雫が教えてくれたのを思い出した。

「全て、私の仲間なんだよ」

石精はにこやかな顔で、影山君の手の中にある方解石と僕達の前に並んだ奇石を見渡した。

「多様性があって、面白いでしょう？」

「いや、多様性があり過ぎなんじゃあ……」

影山君は、苦笑を漏らしてしまう。

「どのような地質でも産出する鉱物ということは、簡単に形成される鉱物ということなんだ。だからこそ、様々な形の私が出来るんだよ」

「ありふれているからこそ、多様性に富んでいる……」

影山君の言葉に、石精は頷いた。

「僕も、多様性に富めるかな……なんて」

「影山君は、何でも出来るじゃないか。だから、何処にでも行けると思う」

僕がそう言うと、影山君はハッとした。

「文科系の部活も、スポーツ系の部活も、ちゃんとこなせていたしさ。まずは、良いなって思ったところに留《とど》まってみたらどうかな。もしかして、続けていたら凄く上手になるかもしれないし。周りのことは、さて置いてさ」

「……うん」

影山君は頷く。

「もし上手《うま》くならなくても、良いなと思った場所ならば、僕の居場所になるかもしれないしね。……僕は、ちょっと焦り過ぎたみたい」

影山君の決意を聞いた石精は、満足そうに微笑んだ。

「辛くなったら、私を見て今の決意を思い出して」

「うん。そうするよ」

影山君は、真っ直《ます》ぐな眼差しで石精を見つめ返す。石精は、嬉しそうに目を細めた。

辺りの風景が揺らぎ、希薄になっていく。幻想から、覚める時間か。

「覚えていて。私はいつでも、君が頑張る姿を見守っているから」

幻想が終わろうとする中で、石精は影山君に言った。

「見守っている、か……」

消えゆく方解石の森と、石精から目を離さないで、影山君は呟く。

「それなら、次は続けられる気がする。見守られているなら、その場所が僕の居場所だから」

幻想の方解石達も、影山君の言葉も虚空に消えて行く。石精はその中で、嬉しそうに頷いたのであった。


気付いた時には、僕達は昇降口にいた。

「あれ……、今の……」

影山君は周囲を見回し、僕を見、手の中を見る。すると、あの方解石の欠片がちゃんとそこに収まっていた。

「良かった、ちゃんとあった……」

方解石の姿を確認した影山君は、嬉しそうに目を細めた。

幻想の中で結ばれた絆《きずな》は、ちゃんと繫《つな》がっていた。それ以上、僕がどうこう言うのも野暮だと思ったので、黙っていることにした。

「あっ、草薙君に影山君」

不意に声を掛けられた僕達は、目を丸くして振り向く。

そこには、岩井先生がいた。

「先生、おはようございます」

「二人とも、おはよう」

岩井先生は穏やかに微笑む。すると、影山君は僕をそっと小突いた。

「なんか、さっき見たような感じっていうか……」

「えっ、う、うん」

幻想の中で出会った方解石の石精に、笑い方が似ているような気がした。

偶然なのか、それとも、影山君の中で岩井先生と方解石が結びついていたからなのかは分からない。当の岩井先生は、そんな僕達を見て首を傾げているだけだった。

「そうだ。昨日の方解石と水晶は……」

影山君は、恐る恐る問う。

すると、「ああ、あれは」と岩井先生は苦笑した。

「結局、塩酸に浸けるのはやめたよ」

「えっ、どうして？」

僕と影山君は声を揃えてしまった。岩井先生は、「なんだか、忍びなくなっちゃってね」と頬を掻く。

「あの標本、友人から教材として譲り受けることにしたんだ。あのままの姿で、理科準備室に飾ることにするよ」

　岩井先生の言葉に、僕と影山君は顔を見合わせる。

　影山君は、嬉しそうに破顔していた。

「方解石を溶かしてしまったら、普通の水晶の標本になるだけだしね。ああいう姿でいることで、方解石が包み込んでいる水晶の姿がどんな感じなのか、想像するのも楽しいだろうし」

「楽しみ方にも、多様性があるってことですね」

　そう言った影山君の目は、キラキラ輝いていた。「そうだね」と岩井先生も、心なしか嬉しそうに微笑む。

　そんな二人を、そっと見守っている影が見えた気がした。岩井先生に少しだけ笑顔が似ているその人物は、方解石の石精だった。

　彼は満足そうに笑うと、虚空に溶け込むように消えて行った。

　影山君の手の中では、窓から零《こぼ》れる朝日を浴びた方解石が、優しく輝いている。

　影のように地味で、特筆すべきことが無かった影山君もまた、太陽のように眩《まぶ》しい笑顔を輝かせていたのであった。

第三話

Episode 3
Garden
in Mineral

石の中の庭園

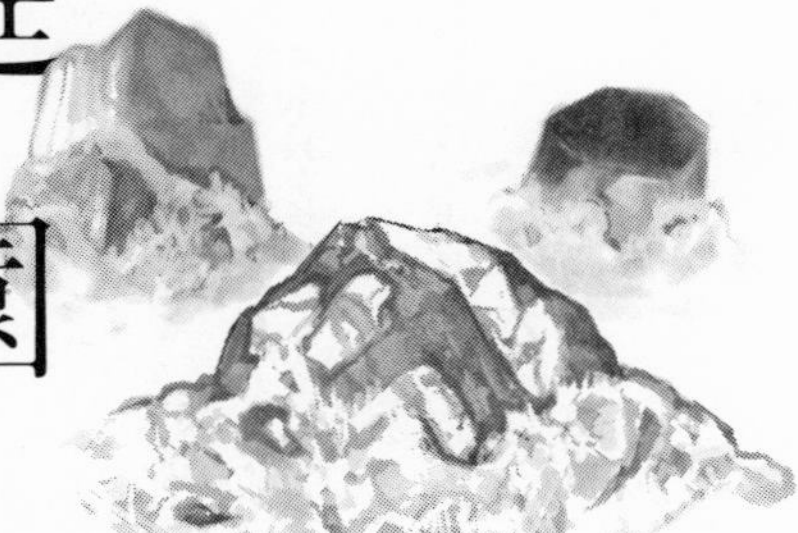

土蔵の裸電球の明かりが、並べられた鉱物やアンティーク家具を柔らかく照らしている。

土蔵の主《あるじ》のような存在感を放つ、大きな日本式双晶《そうしょう》の隣には、素朴な色合いのトルマリンが小箱に入った状態で横たわっていた。

「例の彼には、あれから中々会えないようだね」

「うん……」

心配そうな雫の言葉に、僕は項垂《うなだ》れるように頷《うなず》いた。

机の上のトルマリンは、天城天音という人が父親から受け継いだものだった。イタリアのエルバ島で産出したもので、鉱山が閉山した今や貴重な品だった。

だけど、天音さんはトルマリンを受け取るのを拒絶した。それどころか、父親が遺《のこ》してくれた他の石まで、イスズさんの店に置きっ放しにして立ち去ってしまった。

彼は父親のことをあまり良く思っていないようで、石が嫌いだとも言っていた。

「このトルマリンも、イスズさんのところに預けた方が良かったかな。天音さんがイスズさんのところにまた現れたら、他の石と一緒に返せるし、少なくとも、仲間と一緒だし寂しくないかも……」

「……そこは、本人でないと分からないね」

雫は、石精《いしせい》が現れなくなってしまったトルマリンを見つめながら、困ったように言った。

「そうだよね」と僕は溜息《ためいき》を吐《つ》く。

「だけど、樹と僕は彼の痛みを知っている。痛みを知る者が近くにいた方が、安らぐこともあると思うよ」

「雫……」

包み込むような柔らかい笑顔に、僕は安心する。雫はいつでも、僕にそっと手を差し伸べてくれる。

「居ても立ってても居られなくて、このトルマリンを連れて、何回か天音さんが通ってる高校の前まで行ったんだけどさ。やっぱり、会えなかった。結構遅い時間まで張り込んでいたこともあったんだけど」

いかんせん、下校する生徒の人数が多過ぎた。その上、あちらは僕の顔を知っているので、僕の顔を見るなり他の生徒に紛れながら校門を出ているのか、別の出口から出ているのかもしれない。

「どうやって返せばいいんだろう。石に縁があるもの同士でも、片方が意図的に会わないようにしているんじゃあ無理かな……」

他の方法を考えなくてはいけない。何としてでも、天音さんと縁を築いたエルバ島のトルマリンを返し、他の鉱物達も返却しないと。

「難しいところだね。あまり、無理強いをしても良くないだろうし」

雫もまた、珍しく迷いを見せていた。

「天音さんはフリマアプリに登録してたから、そのアカウントにダイレクトメールを送ってみたんだけど、返信は来なくて」

「ふむ……。それを鑑みると、樹は完全に避けられているようだね」

「うーん……」

僕は頭を抱える。

天音さんに避けられている以上、多少の無理を強いなくては、天音さんに石を返せないんじゃないだろうか。

雫もしばらく沈黙していたけれど、やがて、「成程《なるほど》」と一人で相槌《あいづち》を打った。

「どうしたの？」

「やはり、石の縁に任せた方がいいと思ってね」

「偶然、天音さんと会うのを期待しろってこと？」

その偶然は、いつ来るのか分からない。明日かもしれないし、十年後かもしれない。

その間、天音さんのトルマリンは寂しい想《おも》いをするのだと思うと、どうにかしてやりたいという気持ちの方が強かった。

「偶然の確率を、上げることならば出来る」

雫の言葉に、僕は「えっ」と目を丸くした。

「彼は父親の遺品を引き取ってくれる人を探していた。だから、鉱物を扱っている業者が集まるような場所に行けばいいのではないかな」

「あっ、成程」

鉱物を扱っている業者が集まるような場所と言えば、ミネラルショーやミネラルフェアのような鉱物系のイベントだ。僕は早速、携帯端末を取り出して検索した。

「良かった。週末に都内でやるみたい」

僕は、イベントの案内ページを雫に見せる。

「都内でこの距離ならば、僕もついて行けるかもしれないね。天音君のこともトルマリンのことも気になるし、同行しても構わないかな」

「勿論《もちろん》！」

僕は即答した。

「このタイミングなら、天音さんも行く確率が高いだろうし……。どうか、彼に会えますように……」

僕はエルバ島のトルマリンを眺めつつ、切実に願う。すると、トルマリンは返事をするかのように、裸電球の光を反射させたのであった。


土曜日、僕はその鉱物イベントへと赴いた。

幸い、本体から離れた雫も消えることなく、無事に会場へ到着した。新宿や池袋で開催されたショーよりも規模は小さいものの、入場料が無料で気軽に入れるイベントだった。

「あっ、樹君と雫君！」

会場に入ろうとすると、聞き慣れた声が僕達を呼び止める。

「律さん」

振り返った先には、律さんが笑顔で手を振っていた。「こんにちは」と僕と雫は挨拶をする。

「まさか、このイベントで会うなんてね。さては樹君、鉱物系のイベントをこまめにチェックするようになったな？」

律さんは、にやにや笑いながら僕のことを軽く小突く。

「まあ、今回は色々ありまして……」

「へぇ。ハンドメイドに目覚めたとか？」

「ハンドメイドに？」

僕が聞き返すと、律さんは「違うの？」と目を丸くした。

「もしかして、このイベントはハンドメイドを趣味にしている人が多く来るのかい？」

雫の問いに、律さんは「そうそう」と頷く。

「ルースとかビーズとか、加工された石を扱う業者さんが多いんだよ。まあ、原石を持って来てくれる業者さんもいるけど、割合は比較的少なめかな」

言われてみれば、入り口に吸い込まれて行くのは女性が多い気がする。彼女達は、ハンドメイドに使うための素材を探しに来たのかもしれない。

「それじゃあ、天音君が来るとしたら、彼が立ち寄りそうなブースも限られてきそうだね」

「確かに……」

僕は、雫の言葉に頷く。律さんは、その様子を不思議そうに眺めていた。

「あ、すいません。実は……」

僕は律さんに事情を説明する。律さんは、僕の話を聞きながら、顔を青くしたり赤くしたりして忙しそうだった。

「そんな。親父《おやじ》さんのコレクションを処分したがっているなんて……」

「深い事情があるみたいなんですけど、どうも放っておけなくて。だから、イスズさんのところにある石も、僕が預かっている石も、全部返したいと思っているんです」

「……っていうか、僕が全部引き取りたいくらいなんだけど」

エルバ島のトルマリンとか、と律さんは呻《うめ》くように言った。

「だ、駄目ですよ。エルバ島のトルマリンは、天音さんと縁が結ばれていますし！」

慌てる僕に、「冗談だって。いや、冗談じゃないけど」と律さんは未練がましくそう言った。

「フリマアプリで販売してた時は、買い手がつかなかったみたいなんですけどね」

「フリマアプリで販売⁉　まさか、エルバ島のトルマリンについて、チャットメッセージを送って来たのって……」

戦慄《おのの》く律さんに、「そのタイミングで、色々と聞きたいと思って」と頷くと、律さんは公衆の面前でくずおれた。

「なんてことだ……。フリマアプリはノーチェックだった……」

「やっぱり、マニア垂涎《すいぜん》の石なんですね……」

「まあ、伝説の産地だし、原産地標本だし、欲しい人は多いよね」

「天音さんは、買い手を探す場所を間違えたってことですかね」

「うん。フリマアプリだと、利用者は若い人が多いだろうしね。若い人だと、あんまり興味ないかも」

エルバ島のトルマリンは見た目が地味で映えないし、と律さんは言い切った。

「個人によって興味の矛先が違うのは、面白いものだね」

僕達の話を聞いていた雫は、僕達と会場に入る人々を交互に眺めながらそう言った。

確かに、希少な鉱物を集める人もいれば、綺麗《きれい》な鉱物を集める人もいる。鉱物そのものというよりは、モノづくりの方に興味があり、鉱物はそのための素材として見ている人もいる。

鉱物好きと一言で言っても、色々いるんだなと思いながら、僕は律さんに立つよう促し、雫と三人で会場へと足を踏み入れた。

明るい照明と白っぽい壁、そして、色とりどりの鉱物が僕達を迎えた。

すでに会場には多くの人が入っており、それぞれのブースの前にごった返している。鉱物で作られたビーズが連なるブレスレットを大量に積んだブースの前では、先ほど会場に入って行った女性達が必死になってブレスレットを漁《あさ》っていた。

「すごい気迫……。あんなにブレスレットを選んで、着け切れるんですかね」

「あの選び方だと、やっぱりハンドメイド系じゃないかな。ブレスレットに使われている石が目当てなんだよ」と律さんは言った。

「あ、成程……」

丸く加工済みで穴も開いており、沢山連なっている。その上、ブレスレットは安売りをしているので、石一個の単価がかなり低くなりそうだ。

「純粋に、鉱物のブレスレットが好きな人もいるんだけどね。でもまあ、意外とそれ以外の人もいるってことで」

「奥が深いですね……」

別のブースでは、ルースと原石の欠片《かけら》を売っていた。

その欠片は、色は綺麗だけど、結晶面は見当たらない。だけど、ピンセットを手にして、必死に選別している人もいる。

「あれもハンドメイドの人でしょうか……」

「恐らくね。僕みたいな原石コレクターだと、結晶面が少しでも見えた方が良かったり、完全結晶じゃないと手を出さなかったりするけれど、彼らは欠片を活《い》かす術《すべ》を知ってるってわけ。僕の石仲間にも、ハンドメイドが好きな人がいるけれど、こういう石の見せ方があるんだなって勉強になるよ」

「へぇ……」

僕は思わず、感嘆を漏らしてしまう。雫もまた、興味深そうに見つめていた。

「身に着けられるようになれば、縁が繋《つな》がっている相手といつも一緒に居られるから、石精にとっても幸せだろうね」

雫はポツリと呟《つぶや》く。ハンドメイドに使われるであろう石達を見つめる眼差《まなざ》しに、羨望が混じっているような気がして、僕は心の奥が疼《うず》くのを感じた。

「雫も、そうなりたいの?」

僕はつい尋ねてしまったけれど、雫は苦笑をしてみせた。

「いつでも樹の傍《そば》にいられるのは魅力的なのだけど、僕はきっと、加工されたらアイデンティティが消えてしまうからね。そうなったら、石精としての僕も消えてしまいそうで」

「あ、そうか……」

雫は水晶というよりは、日本式双晶の石精だ。加工してしまったら、「日本式双晶」ではなく、「日本式双晶だったもの」になってしまう。そうなると、雫は雫でなくなるということか。

「樹も偶《たま》に、大空を飛べる鳥になりたいと思うことがあるでしょう? そのくらいの願望だと思ってくれればいいよ」

雫の言葉を聞いて、腑《ふ》に落ちた。鳥になって飛べたら気持ちが良さそうだけど、心の奥底から鳥になりたいわけじゃない。

「さてと。天音君を探さないとね。どんな子なの?」

律さんは、気合充分と言わんばかりに腕まくりをしてみせる。

「まあ、本当に来るとは限らないですしね。会えたら良いな、くらいの気持ちです。いや、気持ち的には、会えないと困る……くらいかな」

僕は苦笑しつつ、取《と》り敢《あ》えず、律さんに天音さんの特徴を伝えた。

「分かった。それっぽい子が見つかったら、チャットでメッセージを送るから」と律さんは頷いた。

「因《ちな》みに、律さんは目当てのものでもあるんですか？」

「あるある。昨日が初日だったんだけど、買おうかどうしようか迷っていた石があってさ」

どうやら、律さんはまた、有休をとってイベントの初日に参加したらしい。

「おっと、そうだったんですね。すいません、引き止めちゃって」

「いやいや、声を掛けたのは僕だし、天音君の件は大事なことだし！」

律さんはそう言って、足早に去って行った。律さんが向かった先のブースは人だかりが凄《すご》くて、原石を販売しているのかルースを販売しているのか、ブレスレットを販売しているのかすら分からないくらいだ。

「うーん、律さんが目をつけた石は気になるけど、あそこに突入するのは骨が折れそうかな……」

「それじゃあ、入り口の方のブースから順に見ていくかい？」

雫の問いかけに、僕は頷いた。

よく見れば、以前に僕が参加したイベントで出展していた業者もいる。目が合ったので会釈をしたら、向こうも笑顔で会釈をしてくれた。

「知り合いかい？」

「以前に行ったイベントで、見たことがある業者さんだなと思って」

「成程。彼らもまた、色々な場所を渡っているのだろうね。知り合いになっておくと、イベントがより楽しくなるかもしれない」

「律さんも、そんな感じのことを言ってた。業者さんから、マル秘情報が聞けるんだって」

海外のショーに仕入れに行く業者であれば、海外のショーの様子を教えてくれたり、こちらから仕入れのリクエストをしたりすることも出来るのだという。

「業者さんじゃないと知らないこともあるだろうし、仲良くなりたいところだけど……」

だけど、少しだけ勇気がいる。僕はあまり社交的な方ではないので、一言かけるだけでも緊張してしまう。

そう言えば、友人の学は誰とでも仲良くなれるし、得意なんだろうか。律さんならば、イベントに行き慣れているので知り合いが多いのだろうか。

そんなことを考えながら会場を見て回っていると、ふと、袖を引かれるような感覚があった。

「雫？」

僕は振り返るが、雫は違うと言わんばかりに首を横に振る。その代わりに、彼は少し離れたブースに視線を向けた。

「あっ」

思わず声をあげる。人込みの向こうに、天音さんがいた。

袖を引かれる感触が無ければ、見逃していたかもしれない。もしかしたら、今のはポケットの中のトルマリンの石精が教えてくれたのだろうか。

「行こう」

雫に促され、僕は小走りで天音さんに駆け寄る。天音さんはこちらに気付き、咄嗟《とっさ》に身を隠そうとしたものの、人が多いせいで思うように逃げられなかった。

「天音さん」

僕は天音さんの上着の袖を、しっかりと摑《つか》んだ。天音さんは露骨に嫌そうな顔をすると、「お前なんか知らない」と僕を突っぱねた。

「知らないと言い切るのは、無理があるんじゃないかな？　君は樹の顔を見るなり、逃げようとしたわけだし」

少し遅れて、雫がやって来る。天音さんは舌打ちをすると、僕の手を振りほどいた。

「この前は、校門前で待ち伏せしやがって。ストーカーか……！」

「す、すいません」

僕はつい、頭を下げてしまう。天音さんが気付いていたということは、やっぱり、会えなかったのは意図的なものか。

「で、なんなんだ」

「これ、天音さんに返したくて」

僕は、エルバ島のトルマリンが入った小箱を差し出す。

だが、蓋を開けずとも中身を悟ったのか天音さんは手を伸ばそうとはしなかった。

「要らない。鉱物は嫌いだって言っただろう」

「だけど、この石は天音さんにとって必要なものなんです。縁が結ばれたのも、きっとそうだから――」

「お前に、何が分かるっていうんだ」

天音さんは僕を睨《にら》み付ける。僕も、負けじと見つめ返した。

「僕も、お祖父《じい》ちゃんを亡くしたから」

「……………！」

天音さんは、目を丸くする。そして、気まずそうに目をそらしながら、こう続けた。

「お前が鉱物好きなのは、祖父さんの影響か」

「……そう言ってもいいと思います」

「なんで、そんなに曖昧なんだ」

「お祖父ちゃんが生きている時は、あまり鉱物の話が出来なかったので……。お祖父ちゃんの遺品に触れて、雫に出会って、それから、鉱物のことが分かるようになったんです」

祖父の話題を前に、雫は思うことがあるのか、頷くように目を伏せた。

「……それで、お前は鉱物が好きになったのか」

天音さんはぶっきらぼうに問う。だけど、その声色は、少しだけ柔らかくなっているような気がした。僕は、深々と頷く。

「だったら、尚更《なおさら》、お前が持つべきなんじゃないか？　貴重な鉱物なら、鉱物が嫌いな奴《やつ》が持つべきじゃないだろ」

「鉱物が貴重かそうじゃないかは、問題じゃないんです」

僕が反論すると、天音さんは踵《きびす》を返して歩き出す。だけど、歩調はゆったりとしたものので、僕達がついてくることを許してくれているようにも見えた。

「じゃあ、どういう問題なんだ」

「心の問題です。天音さん、亡くなったお父さんについて何か思うことがあるんじゃないですか？」

「………」

返って来たのは沈黙だった。

僕は、助言を貰《もら》いたくなって雫の方を見やる。すると、雫は首を横に振った。

「少し、様子を見よう。閉ざされた心の中を見るには、時間が必要だ。氷が溶けるのにも、時間がかかるようにね」

「うん……」

無理に踏み込んではいけないということなんだろう。僕は素直に頷き、天音さんについて行った。

「……ついてくるな」

天音さんは、少しだけ振り返って僕達を睨み付ける。

「す、すいません。天音さんが何処《どこ》に行くのか、気になって」

「うちの鉱物を引き取ってくれそうな業者を探しているだけだ」

「やっぱり……」

予感は的中してしまった。だけど、業者探しは捗《はかど》っていないのか、天音さんは所在なさげにきょろきょろしていた。

「鉱物を引き取ってくれる業者さん、意外といないんですね……？」

僕の問いに、「子供の相手をしてくれる業者が、なかなかいない」と天音さんは訂正するように答えた。

「……つかぬことをお聞きしますが、天音さんのお母さんは、お父さんの鉱物について、なんて？」

「俺に受け継いで欲しいらしい。だけど、その後のことは任されてる」

「成程……」

その結果、天音さんは自分が鉱物を相続した後に、売却する方を選んだということか。金銭目的ではなく、遠ざけるために。

「くそっ、何処もかしこも鉱物だらけだ」

「鉱物のイベントなので……」

毒づく天音さんに、遠慮がちに言った。

「大体、何でお前達は鉱物に惹《ひ》かれるんだ。石なんて、食べられもしないし、遊べるわけでもない。宝石の原石も、すんなりと換金出来るわけでもないじゃないか」

「でも、見ていると楽しいですよ」

「石だぞ？　スマホやテレビじゃないんだ」

テレビ石って呼ばれる鉱物がありますよ、という余計な一言は無理やり呑《の》み込んだ。

「鉱物の欠片でも、結晶になるまでの過程を想像するのが楽しいんです。どれだけの年月をかけて、どんな風に出来たんだろうって想像するとワクワクするんです」

僕は、迷わずにそう言った。

「そういうものか？」と天音さんは問う。

「あとは、見た目が面白い鉱物を集める人もいますし。なんにせよ、自然が生み出した芸術を楽しみたいっていう感じですかね」

「へぇ」

天音さんは、僕と雫を交互に見やる。

「縁がどうのとか胡散臭《うさんくさ》いことを言う割には、まともじゃないか」

「胡散臭い……⁉」

僕は衝撃を受ける。まさか、胡散臭いと思われているだなんて。

一方、雫は目を丸くして、「珍しい反応だね。それで必要以上に警戒していたのか」と納得していた。

「鉱物に寄って来るのは、博物的に好きな連中ばかりじゃないだろう。石にパワーが宿ってるとか、健康的になれるとか」

「ああ……。まあ、そういうのもありますよね……」

「パワーストーンの方向性も様々だからね。偽の科学を用いたり、お金儲《かねもう》けのために使われたりするのは、頂けないね」

雫は、ずらりと並んだブースの一角を眺めながら、ぽつりと言った。その視線の先を見やり、天音さんも顔を強張《こわば》らせる。

そこには、白いテーブルクロスを机の上に敷き、その上に色とりどりの石を綺麗に並べた、上品なブースがあった。

周囲には、身なりと品が良さそうな若い女性が集まっている。彼女らが手にしているのは、赤や青、黄色や緑の透明な石だった。

ごつごつしていて整形されぬままの原石と思《おぼ》しき石だったけれど、不思議と、自然のもののような雰囲気はうかがえなかった。

あまりにも、綺麗過ぎる。

文字通り透き通った石達には、色むらや不純物が全く見受けられない。僕が首を傾《かし》げていると、天音さんはおもむろに舌打ちをした。

「あれは偽物だ」

「偽物……」

天音さんの言葉に迷いはなかった。雫もまた、哀《かな》しそうな顔でブースから目をそらすだけで、天音さんの言葉を否定しようとはしなかった。

一方、ブースの前では女性達が盛り上がっている。店主もまた、綺麗な若い女性だった。

店主は鈴を転がすような声で、このクリスタルは災いを祓《はら》い、体調を改善させ、肉体とエーテル体を繋いでくれて云々《うんぬん》と壮大な効能とやらを列挙している。

客の女性は、それを熱心に聞いていた。彼女らは、手にした石の欠片を離そうとはしなかった。

その一粒一粒は、立派な鉱物標本が買えてしまうほどに高額だった。それでも、彼女達は、やっぱり二つ買おうとか三つ買おうとか、そんなことを話していた。

「多ければ多いほど、このクリスタルは効果を発揮しますよ」

店主は、親切な笑みを貼り付かせながら言った。

「体と心、そして魂を一つにします。右脳と左脳を繋ぎ、全脳にして——」

「それなら、そんな石を沢山持ってるあんたは、こんなところにいないんじゃないか？」

気付いた時には、天音さんがその店主に食って掛かっていた。雫もこれは予想外だったようで、僕と一緒に目を丸くしていた。

「な、何ですか、あなたは」

店主は、ギョッとした顔で天音さんを見やる。

「何ですか、はこっちの台詞《せりふ》だ。こんなガラスを高額で売りやがって。この、インチキ業者」

「インチキだなんて人聞きが悪い。確かに、この石はガラスと同じ性質ですが、天然のガラスなのです」

黒曜石と同じだと、店主は主張する。

「その割には、こしらえたかのようにお綺麗じゃないか」

「それは、純度が高いからです」

「逆に、これくらいの大きさでインクルージョンが無く透明度が高い鉱物を、この値段で売るわけがない。アンタが言っていることが本当ならば、こいつは不自然なまでに安過ぎるんだよ」

天音さんは、拳ほどの大きさの透明な石を指さす。

高額だなと思ったけれど、逆らしい。確かに、それくらいの大きさのアクアマリンやトパーズなどの宝石鉱物は、庶民には手を出し辛《づら》いほどの価格で売られていた。

「第一、こいつの産地は何処なんだ。これだけ透明度が高い石が出てくる場所だ。さぞ、有名な産地だろうよ」

携帯端末を手に、天音さんは検索を始めてしまった。

店主は、そのクリスタルは、とある有名な人が所有する敷地内から産出したものだと言う。また、安価で販売しているのは、クリスタルの素晴らしい力を広めるためと主張していた。

何やら、雲行きが怪しくなってきた。

お店の前にいたお客さんのうちの何人かは、ブースに石を戻してこそこそと立ち去って行く。残る何人かは、顔を青ざめさせたり、天音さんに敵意を帯びた視線を向けていたりした。

僕は、青ざめている女性が気になった。こちらも、店主と同じくまだ若い女性だったけれど、どちらかと言うと地味で控えめな雰囲気だった。彼女も、このクリスタルに願いたい何かを秘めていたのだろうか。

「……さて、彼女の言い分が本当かどうか、それは彼女でないと分からないけれど」

雫は、天音さんと店主のやり取りを見守りながら呟く。

「雫は、どう思う？」

「……少なくとも、彼女は彼女なりの真実を口にしていると思うよ」

「このクリスタルが、凄い力を持っているってこと？」

僕の問いに、雫は首を横に振る。

「いいや。凄い力を持っているということを、彼女が信じて疑わないということさ。残念ながら、僕はそれほどの力を感じられないし、仲間の気配も感じられないけれど」

単に、僕が察せないだけなのかもしれないけれど、と雫は困ったように笑った。こんなに胡散臭いのに、頭から否定しないのは雫の優しさなんだろうか。

「成程。成分分析しようにも、性質がガラスと同等だからガラスとしか分からないってことか。だけど、あんたはこれが宇宙からの授かりものだとか、古代人が俺達のために埋めたアーティファクトだと言いたいわけだな」

「ええ。このクリスタルを発見した著名な方が、そう言ってますから」

「自分で確認したわけでもなく、盲目的にその人物を信じるってことか。疑わずに信じるというのは楽だからな。仮に、あんたは騙《だま》されたことが分かっても、その相手を責めるだけで、自分を省みたりしないんだろう」

いいや、と天音さんは続ける。

「こういった類の、『効能』を謳《うた》ったパワーストーンとやらを信じる連中は、大抵そうだ。騙す方も騙す方だが、騙される方も騙される方だ」

天音さんは、残っていたお客さんをねめつける。天音さんに食って掛かろうとしていたお客さんは、彼の気迫に気圧《けお》された。

「石が好きなわけでも何でもなく、ただ、『効能』を求めてやって来るんだろう。自分では努力もせずに、石が望むものを与えてくれるのだろうと期待して」

「ちょ、ちょっと」

店主は天音さんを制止しようとするが、天音さんは口を噤《つぐ》もうとしなかった。

「そんな都合のいい物があるもんか。そんな物があって、効果があるのなら、誰もがそれにすがっている。他人任せにするような怠け者よりも、もっと聡《さと》い連中がな」

天音さんのその一言に、弾《はじ》かれるようにその場を離れた人がいた。それは、あの青ざめた人だった。

「あっ……」

僕は追いかけようとするが、天音さんは「放っておけばいい」と突っぱねた。

「どうせ、図星だったんだろ」

「いや、分かりません……。ちょっと、様子がおかしかったですし」

「ふぅん？」

天音さんは眉を寄せる。そんな彼の肩を、店主の細い指先が、万力のような力で引っ掴んだ。

「さっきから黙って聞いていれば、言いたい放題ですね。クリスタルに効能があろうが無かろうが、あなたがやっているのはただの営業妨害ですし、失礼です！　うちのお客さんまで侮辱して！」

「営業妨害？　詐欺防止活動の間違いじゃないのか？」

天音さんは鼻でせせら笑った。

「あなたは詐欺と決めつけてますけど、証拠は無いじゃないですか。そんなの、名誉毀損です。これ以上、うちの店舗に関わると訴えますよ！」

店主は声を荒らげる。周囲のブースの人々は、それを何とも言えない表情で遠巻きに眺めていた。

「彼女の言うことにも、一理あるかもしれないね」

雫はぽつりと呟く。

「詐欺だと決めつけるには、少し早かったのかもしれない。確かに、疑わしいとは思うけれど」

「でも、放っておけないし……」

「それならば、やり方があったはずさ。公衆の面前でさらし者にされたら、誰だって嫌な気分になる。意地でも反発したくなるのは、人間にとって当たり前の心理なんじゃないかな」

「確かに……」

僕達が話している前で、天音さんと店主はお互いに声を張り上げながら揉《も》めていた。それを見ていた出展者の一人が、狼狽《うろた》えた表情でブースを離れる。確か、向かった先には警備員がいたはずだ。

「天音さん、警備員呼ばれましたよ」

僕は天音さんに耳打ちするものの、「呼びたいなら呼ばせておけ」と天音さんは突っぱねる。

店主も怒り心頭だったけれど、天音さんもまた怒っているようだった。鉱物が好きならば、鉱物を利用されて怒りを露《あら》わにするのは分かる。だけど、天音さんの怒りの理由は何だろう。

天音さんの中にある正義感がそうさせているのか、それとも——。

「樹」

雫が僕を視線で促す。その先には、おぼつかない足取りで会場を離れようとする、先ほどの青ざめた女性がいた。

僕は、雫に頷き返す。

「僕、ちょっと行ってきます」

店主と睨み合っている天音さんにそう断って、僕は女性の後を追う。その途中で、足早に進む警備員とすれ違ったので、天音さんの無事を祈ったのであった。

「あの、すみません」と、女性を呼び止める。振り返った女性は、やはり顔色が優れなかった。

彼女に追いつけたのは、会場の外だった。それだけ、彼女は足早に去ろうとしていた。

「あなた、さっきの……」

女性は僕の顔を見て、更に顔を青くする。天音さんの仲間だと思われているのだろうか。

「えっと、お姉さんが心配になって声を掛けたんですけど」

暗に、天音さんのように糾弾しようとしているわけではないと伝える。すると、女性は少しだけ警戒を解いてくれたような気がした。

「心配って……？」

「顔色が優れなかったみたいだったんで、放っておけなくて……」

僕に指摘された女性は、ハッとして自分の顔をぺたぺたと触る。

「私、そんなにひどい顔をしていたの？」

「ひどいというより、心配になるっていうか……」

相手を傷つけないようにと、必死に言葉を選ぶ。女性は深い溜息を吐くと、会場の外の壁に寄りかかった。

会場は、大きな施設のホールの一室を借りている。他のホールでも別のイベントが行われているらしく、大きな紙袋を手にした親子連れが目の前を横切って行った。

「あなたみたいな、若い男の子に心配されちゃうなんてね。ごめんなさい。ちょっと、色々あって」

「何が、あったんですか？」

僕が尋ねると、女性は少しばかり逡巡《しゅんじゅん》してから答えた。

「初対面の男の子に話すことでもないと思うけど」

女性は重い口を開く。けど、の後には、聞いて欲しいという願いが続いているように思えた。

「彼氏が重い病気に掛かっちゃって」

「えっ、それは……」

思った以上に、深刻な状況だった。僕の顔は相当ショックを受けていたように見えたのか、女性は慌てて続ける。

「あっ、治療方法はあるから、来週に手術を受けるんだけどね」

治療方法があると聞いて、僕はひとまず安堵《あんど》する。だけど、女性の話には続きがあった。

「成功率、そんなに低くはないんだけど、失敗する可能性もあるみたいで……。どうにかして成功して欲しいんだけど、私にはどうにも出来なくて……」

女性は溜息を吐き、深々と項垂れる。

僕は、雫と顔を見合わせた。雫も、僕が言わんとしていることを察してくれたのか、哀しそうな表情で頷いてくれる。

「それで、あのクリスタルに頼ろうとしたんですね」

「ええ。藁《わら》にもすがる思いで」

女性は、項垂れたままそう言った。

「だけど、あれはただのガラスで、効果が無いのね。そんな都合がいい石、あるとは思っていなかったけど」

「もしかして、今日、この会場に来たのはあのクリスタルのために……？」

僕の問いに、女性は首を横に振った。

「あの石は、会場に入ってから初めて知ったの。普段は、こういうイベントには来ないから、パワーストーンのことはよく知らなくて」

「成程ね……」

女性の話を聞いていた雫は、納得したように頷いた。

「手術の成功率が上がるのならば、石じゃなくても良かったというところかな。ただ、偶々《たまたま》、このイベントがやっていたとか、パワーストーンという単語は聞きかじったことがあったから、このイベントに来た、と」

雫の憶測を女性に話すと、女性は後者だと頷いた。

「神社やお寺にも手当たり次第に行って、色んな御守《おまも》りを手に入れたんだけど、全然気が休まらなくて」

よく見ると、女性の鞄《かばん》には御守りがやたらとぶら下がっていた。健康成就や厄除《やくよ》けが大半を占めているのだが、家内安全や安産祈願まで交ざっている。

「でも、御守りで手術の成功率を上げるのって、なかなか難しいというか……」

僕が控えめにそう言うと、「分かっているのよ」と女性は嘆くように答えた。

「私がどうにか出来るものじゃないっていうのは、ちゃんと分かっているの。でも、何かにすがりたくてしょうがないわけ」

女性は頭《かぶり》を振る。声は泣きそうなほど、か細くなっていた。

「本当にもう、心配で心配で……。夜もあまり眠れないし、寝不足の顔でお見舞いに行ったら、彼に心配されちゃうし……」

「確かに、彼も心配だけど、彼女も心配だね」

雫は、彼女に同情の眼差しを向けながらそう言った。

「まずは、彼女の気持ちを落ち着かせよう。手術の成功率を上げることは出来ないけれど、彼女を落ち着かせることは出来る」

「そうだね」と僕は雫に頷く。このままだと、手術前に彼女が参ってしまいそうだ。

雫が見えないせいで、僕が独り言を言っているように見えたらしい。不思議そうな顔をしている女性に、僕は向き直った。

「あの、手術に関してはお力になれないんですけど、気持ちを落ち着かせるためのお手伝いなら出来るかもしれません」

「気持ちを、落ち着かせるための……？」

女性は首を傾げていたが、直《す》ぐにハッとした。

「あなた、石に詳しそうよね。そういうパワーストーンを探してくれるっていうことかしら？」

「あ、いえ、パワーストーンはサッパリなので」

僕は首をぶんぶんと横に振る。

「心を落ち着かせるための石とか、御守りにしたい石って、決められたものじゃなくてもいいと思うんです。自分が、これだって思った石を御守りにしてこそ、効果があると思うんですよ」

「これだって思った石、ねぇ。私、石について全然詳しくないけど……」

不安げな女性に、「いいんです」と答えた。

「詳しくなければ、先入観も無いですし。純粋に良いなと思った石を選べるんじゃないでしょうか」

「そう、かしら」

女性は満更でもないようで、表情が少しだけ明るくなる。その様子を見ていた雫もまた、静かに頷いた。

僕は、彼女を会場の中へと促す。

今度は神頼みをするのではなく、彼女の癒しを求めて。

女性は、小岩さんというらしい。

小岩さんは鉱物について全くと言っていいほど知らず、大型商業施設などでパワーストーンのお店を覗《のぞ》いたことがあるくらいだと言っていた。

僕は原石がゴロゴロと置いてあるブースで石を勧めてみたけれど、「岩っぽいのはちょっと」と難色を示されてしまった。

「岩っぽい……」

僕が勧めたのは、中国で産出したという蛍石だった。アップルグリーンの可愛《かわい》らしい色合いで、綺麗な割には比較的安価で、クラスメートの山下さん達が好きだと言っていたから勧めたのに。

「女子って、こういうのが好きなんだと思ったけど……」

「人それぞれ、ということなんだろうね。彼女はどうやら、加工したものの方が、馴染《なじ》みがありそうだ」

ご覧、と雫は小岩さんの様子を見るように促す。

小岩さんは、原石には目もくれず、大量に積まれたブレスレットの方を眺めている。

思い返してみれば、例のクリスタルは形こそ原石の欠片のようだったけれど、色合いはあまりにも鮮やか過ぎて、人工物さながらであった。

人の手が、ある程度加わったものの方が好きなのだろうか。

「あのブレスレットは、ちょっと可愛いね」

小岩さんは、ブレスレットのブースへと歩み寄る。

一本が破格の値段になっていて、三本買うと更にお安くなるという。丁度、ハンドメイドをやっていると思しき女性が、十本近くのブレスレットを抱えてお会計をして貰うところだった。

「あの人、あんなに腕に着けるの？　それとも、その日の気分によって変えるとか……？」

「後者か、ハンドメイドが目的なんだと思います、きっと」

「ふぅん。色んな人がいるんだ……。さっきは、私なんて場違いかなと思ったけど」

「さっき？」

「あなたのお友達の話を聞いた時」

一瞬、雫のことが実は見えているのかなと思ったけれど、冷静になって思い返して、そうじゃないことに気付く。きっと、天音さんのことだ。

「えっと……。それは、どういう意味ですか？」

友達だと思われていると知ったら、天音さんは嫌な顔をしそうだなと思いつつ、小岩さんに詳細を尋ねる。

「あなたのお友達、とても石が好きそうだったから」

「えっ……」

　僕は目を丸くする。すると、小岩さんの方も、その反応が意外であったかのように目を丸くした。

「だって、石が好きだからこそ、ああいう反応をしたんじゃないの？　好きなものを偽られて、辱められたから怒ってるんだと思ったんだけど」

「好きだからこそ、怒っていた……」

　小岩さんにそう言われて、腑に落ちた。

　あの怒り方は――。

「やっぱり、天音さんは石が好きなんだ……」

「そのようだね」と雫もまた納得したようだった。

　天音さんには、やはりエルバ島のトルマリンが必要だし、イスズさんに渡した石達も必要なんだ。

「でも、それを指摘したら、また怒られてしまいそうだけど」

　雫は、困ったように微笑《ほほえ》む。確かに、天音さんは素直に認めてくれないだろう。もっと、彼のことを知らないといけない。

「そう言えば、天音さんは大丈夫だったかな」

僕は会場を見渡し、天音さんを探す。

だけど、人がごった返していて天音さんの姿を捉えることは出来なかった。例のブースには、あの店主が何事もなかったような顔をして立っているので、大きな問題に発展しなかったと思いたい。

「律さんの姿も見当たらないし……。まあ、律さんはミネラルイベントの達人だから、僕が気を揉む必要もないだろうけど……」

寧《むし》ろ、律さんに心配されていなければ良いなとすら思う。と言っても、こちらにはミネラルイベントどころか、ミネラルそのものの雫がいるので、律さんもそこまで気にしないと思うけれど。

とにかく、今は小岩さんの方が気になる。

小岩さんは、山積みになっているブレスレットを一つ一つ見比べるものの、どれもピンと来なかったらしい。「うーん」と悩ましそうな声をあげながら、次のブースへと移った。

「決めかねてるね。何かアドバイスをしなくても大丈夫かな」

僕は、小岩さんの背中を追いながら、雫に問う。雫は、静かに首を横に振った。

「まずは、彼女がやりたいようにやらせてみよう。先入観があると、インスピレーションは働かないだろうしね」

「まあ、そうなんだけど……」

と言っても、小岩さんは主に加工されている石ばかり手に取るので、僕はなかなか口を挟めない。カットされたり磨かれたりした石のことは、あんまり知らなかった。

「僕も、加工された石に、もう少し詳しくなった方がいいのかな」

「加工された石に、興味が出て来たのかい？」

雫の問いに、「まあ、元々気にはしてたけどね」と鞄に付けたラベンダー翡翠《ひすい》の根付を見やる。

その根付の翡翠は、律さん達と糸魚川に行った時に、僕が海岸で採取したものだ。勾《まが》玉《たま》に加工して貰って、御守り代わりに鞄に付けている。

そのお陰で、いつも翡翠に見守られているような気持ちだった。触れるとひんやりしているけれど、温《ぬく》もりを感じていた。

最初は、石を加工することに少し抵抗があったけど、今思うと、根付にして貰って良かったと思う。

「折角、鉱物のイベントに来てるわけだしさ。知ってることが一つでも多い方が、少しでも楽しめると思って」

「樹は向上心があって素晴らしいね。生憎《あいにく》と、僕は加工についてあまり教えてあげられることはないけれど」

雫は、ちょっと残念そうに微笑む。

「そういうことこそ、ブースの人に聞けばいいのかな。こういうイベントに参加してる業者さん、みんな優しそうだし」

偶に、色んな意味でちょっと怖い人もいるけれど、と例のクリスタルを販売していたブースを見やる。しかし、店主はそれと裏腹な優しげな笑顔で、ブースに来た女性達に応対していた。

一方、小岩さんはフラフラと奥のブースへと向かう。セージやお香の匂いが漂う、パワーストーン系のお店だ。

小岩さんは、そこで販売していた水晶球を手に取る。すると、ブースのスタッフが歩み寄り、効能がどうのとか宇宙のナニがどうという話をし始めた。

「……えっと」

小岩さんは、先ほどのクリスタルの店とさほど変わらない相手に、戸惑いを覚えているらしい。しきりに、その場を離れようと明後日《あさって》の方向を見ていた。

「姉さん」

僕は声を張り上げる。

「僕、こっちのお店が気になるんだけど」

最初、小岩さんは僕の呼びかけに面食らったような顔をしていたけど、僕の意図を察したらしく、「今行くから」とその場を離れた。

僕の元まで逃れて来た小岩さんは、げっそりした様子だった。

「だ、大丈夫ですか？」

「有り難う……。助かったわ」

「なんか、すいません。勝手にお姉さんにしちゃって」

「ううん。あなたみたいな弟がいたら、頼もしいなって」

小岩さんは、優しく微笑む。僕は少しむず痒《がゆ》い気持ちになって、思わず目をそらしてしまった。

「あっ、このお店もいいわね」

一方、小岩さんは、僕が案内したブースを見て目を輝かせる。

小岩さんを助け出すことで精いっぱいで、どんなお店か見ていなかったので、僕も改めてお店の様子を見やる。

すると、そこには、色とりどりの石が入った箱が、石の種類ごとに並べられていた。どれも磨かれており、球体や円形に成形されていた。

ブースの前にいるのは、先ほどブレスレットを漁っていたハンドメイドをしていると思しき人達だ。

首飾りにするつもりらしく、マクラメがどうのとか、編み込みがどうのと話し合っていた。

「へー、面白い模様」

赤や緑、黄色の斑点が浮かび上がった石を眺めながら、小岩さんは言った。

「それは、オーシャンジャスパーだね」と雫が教えてくれる。

「オーシャンジャスパー？」

「ジャスパー――すなわち、碧玉《へきぎょく》の一種なのだけど、マダガスカルの海岸で産出することから、オーシャンの名前を冠しているんだよ」

「へぇ……」

僕は雫が教えてくれたことを、小岩さんに話す。すると、小岩さんは目を丸くした。

「もしかして、これって天然なの？」

「そうですね。ここにあるの、多分全部天然だと思います」

「天然なのに、こんなにカラフルなのね……。でも、さっきのクリスタルより、優しい色合いかな」

小岩さんは、オーシャンジャスパーを手に取りながら言った。

「それにしても、よく知ってたね。あなた、中学生くらいでしょ？　博識ね」

「あ、いいえ！　確か、石に詳しい友達がそう言ってたなって思い出して……！」

僕は慌てて首を横に振る。「樹の知識ということにしてもいいのに」と、雫は僕に苦笑した。

そういうわけにもいかない。雫の知識は、雫のものだ。

小岩さんの方は、僕の交友関係に興味を持ってしまったらしく、「学校の友達？　学校では地学部なの？」と聞いてくる。僕は、「ええ」とか「ああ」とか曖昧に頷き返した。

「そんな風に知識があるあなたからしたら、パワーストーンにすがろうとしている私なんて、滑稽よね」

小岩さんは、急に寂しそうな顔をする。

「いえ、そういうわけでは」と僕はフォローしようとするものの、「いいの」と首を横に振った。

「心の奥底では、馬鹿なことしているなって分かってたみたい。あの時、あなたの友達が割り込んでくれなかったら、今頃、あのお店で、買えるだけクリスタルを買ってたかもしれないわ」

「それは……」

阻止出来て何よりだと、心から思う。

「あなたのお友達に、有り難うって伝えておいて」

「わ、分かりました……」

僕は、小岩さんの伝言をしかと受け取る。

「物に頼ってばかりじゃなくて、自分が強くならないと。彼は、今も病院で頑張っているのに」

「小岩さん……」

「私、悪い結果になるのが怖くて、目をそらそうとしていたのかも。本当は、目をそらさずに、ずっとそばにいるべきなのに……」

本当にそうだろうか。

小岩さんが言うことは、一理あると思う。だけど、自分が強くなれないからこそ、大切な人から目をそらしたくないのにそうせざるを得ない心境だからこそ、他のものに頼ろうとしたのではないだろうか。

「……無理する必要は、無いと思います」

「えっ？」

気付いた時には、思ったことが口に出ていた。

もう、後戻りはできない。「無理する必要は、無いと思います」と小岩さんに繰り返した。

「人は必ずしも、強くなれるわけじゃないと思います。確かに、何かに頼らずに強くなれたらすごいと思いますけど、それが出来ないからって、自分を責めることはないと思うんです」

「それは……」

小岩さんは、戸惑っていた。

それを見た僕は口を噤もうと思ったけれど、僕の様子を見ていた雫が頷いたので、続けることにした。

「確かに、小岩さんの大切な人は大変な想いをしているかもしれないけど、小岩さんも大切な人を想ってるからこそ、辛い想いをしているじゃないですか。自分を責めるよりも先に、やった方がいいことがあると思うんです」

「自分を責めるよりも先にやることって……？」

小岩さんは、怯《おび》えるように問う。僕は、そんな顔をする必要はないと言わんばかりに首を横に振る。

「自分を癒すことです。小岩さんの大切な人は、一緒に苦しんで欲しいとは思わないんじゃないでしょうか。小岩さんには、元気でいて欲しいって、思うんじゃないでしょうか」

「あっ……」

小岩さんはハッとする。大事なことを思い出したかのように、目を見開いていた。

「私は……」

小岩さんの唇が震える。その手はすがるものを探すように、自然とお店に並べられる石へと伸びた。

「縁が、繋がったようだね」

雫がポツリと呟く。

僕が「えっ」と声をあげた瞬間、視界が白く包まれたのであった。


淡紅色の世界が拡《ひろ》がっていた。

まるで満開の桜みたいだった。緑もちらほらと窺《うかが》え、春の訪れのようだった。

「ここは……」

満開の桜の前で、小岩さんはへたり込んでいた。

そんな小岩さんの目の前に、桜と同じ色の髪をした、僕と同じくらいの年齢の、中性的な子が現れた。作り物のように美しい容姿と浮世離れした雰囲気は、紛れもなく石精のものだ。

「石が紡ぐ幻想の世界にようこそ」

石精は歌うような声で言った。

「石の幻想の世界……？」と小岩さんは目を丸くする。

「ここは夢であり現実の世界。キミの苦悩は、ボクに触れた時に伝わって来たよ。大切な人が大変な目に遭っていて、それが辛いんだけど、大切な人はもっと辛いだろうから、自分は気持ちを強く持たなきゃと思ってるみたいだね」

石精は、スラスラとそう言った。小岩さんはただ、頷くことしか出来なかった。

「ボクはいい方法を知ってる」

「もしかして、彼の手術を成功させられるの？」

「いや、そんな力は無いよ。でも、キミの心を軽くする方法は知ってる。キミの心が軽くなれば、無理に強くならなくてもいいでしょ？　キミの大切な人だって、余計な心配しなくて済むし」

「え、ええ」

小岩さんは戸惑いがちに頷く。

僕は、雫と一緒にその様子を見守っていた。

そう言えば、この桜のようなものの正体は一体何だろう。小岩さんが何に触れたか見る前に、幻想の世界に誘われてしまったから分からなかった。

幻想の世界で桜を見たことはある。その時は、桜石の幻想だった。

そう思って桜の花をよく見てみたけど、桜石の時とは違って、目の前の桜に花びらは無かった。

それどころか、花が存在していなかった。目の前にある桜の木は、淡紅色の塊だった。

先端に近づくにつれて枝葉のように分かれ、繊細な糸のようになったそれが複雑に絡み合っていたので、桜の花の集合体である桜の木に見えたのだ。

「雫……。これって、何の石？」

僕が雫のことを小突くと、雫は意味深な笑みを僕に向けた。

「樹には、何に見える？」

「えっ、クイズ形式なの？」

僕は、改めて、目の前の桜の木と思しきものを見つめる。

「あんな繊細な石、見たことないよ。石だと思えないほど繊細だし、折れちゃいそうだし……」

「石だと思わなければ、何に見える？」

雫は、微笑を湛《たた》えたままヒントをくれた。

「桜かな。いや――」

僕は、周囲を見渡す。

僕達を囲んでいるのは、桜のようなものだけではなく、若葉のようなものもある。

「庭に見える。箱庭の中に、すっぽりと入ってるみたいな感じ……」

「ご覧」

雫は頷く代わりに空を仰ぐ。僕も雫に倣って、空を見上げた。

桜と若葉の向こうに、綺麗な青空が拡がっていた。

だけど、少しだけ違和感がある。遥《はる》か彼方《かなた》の青空と、僕達の間に、球面を描くような光の筋が窺えた。

「透明なドーム状の屋根がある……？」

「この繊細な世界が、包まれているのさ。水晶に」

水晶。

日本式双晶の石精である雫の口から、その言葉が紡がれた瞬間、僕の全身に鳥肌が立つのを感じた。

「そうか。小岩さんが手にしたのは、庭園を持っている水晶なんだ……」

「ガーデンクオーツと呼ばれる、内包物を含んだ水晶だね。内包物が庭のように見えるから、そう呼ばれているんだよ」

つまり、桜のように見えるものも、若葉のように見えるものも、全てはインクルージヨンということか。

「緑のものは、緑泥石《りよくでいせき》とか……」

「そうかもしれないね。赤い部分があれば、それは鉄かもしれない」

「そっか……」

僕は、雫の話を聞きながら、水晶に内包された世界をぐるりと見回す。

桜と若葉が織り成す春の風景。長い冬が過ぎ、光と温もりが溢《あふ》れる季節の訪れを暗示しているかのようだった。

その中に、小岩さんと石精はいた。

「キミは、前を向くんだ」

小岩さんに、石精はそう言い聞かせる。

「前を？」

「心配になるのは仕方がない。物事を悪い方向に考えるのも仕方がない。でも、キミの状況だと、心配とか悪い予感からは、目をそらした方がいいんじゃないかな。考えてもしようがないことだし、逃げちゃおうよ」

石精は、春の陽気のような笑顔を小岩さんに向けた。

強くならなくてはいけないと意気込むから、疲れてしまうのだ。不必要なことから逃げると思えば、少しは気が楽になる。

「でも、逃げるだなんて」

「逃げることは悪いことじゃないと思うけど。キミが兎《うさぎ》だったら、ライオンからは逃げるでしょ？」

「だって、ライオンが相手じゃどうにもならないし……」

「そういうこと。どうにもならないものを、相手にする必要はないよ。その分の元気を、楽しいことに割いた方がずっといい」

石精は微笑む。

小岩さんは、「その考えはなかったわ……」とぽかんと口を開けていた。

「でも、楽しいことって言っても……」

「この風景を選んだのはキミだよ。思い出して。さっき、キミはどんな想いで手を伸ばしたの？」

「私は……」

小岩さんは、目の前の桜を眺めながら、記憶の糸を手繰り寄せる。そして、「そうだ……」とぽつりと呟いた。

「私は、元気になった彼と、こんな風景を見たいと思ったの。二人で出かけて、花や緑がいっぱいなところに行って、元気な彼と写真を撮って……」

その光景を想像しているのか、小岩さんの表情は幸せそうだった。それを見た石精は、深々と頷いてみせる。

「その夢を、キミの大切な人に語るといいよ。一緒に見る夢は、きっと限りなく現実に近づくだろうから」

「そうね……。元気になったらああしようとか、こうしようとか、そういう話をした方が、彼を元気付けることが出来るかもしれないわね」

「不安な時は、ボクに話しかけて。ボクは、いつでもそばにいるから」

石精は、小岩さんの手をそっと取る。小岩さんもまた、石精を見つめて「有り難う」と微笑んだ。

水晶の中の、静止しているはずの世界に風が吹く。

春の暖かさを運んで来た風は、桜も若葉もそよがせていた。彼らが紡ぐ音は、まるで、小岩さんを元気付けるようだった。


ふと我に返った時には、イベント会場の中にいた。

ブースの前では、相変わらず、ハンドメイド作家と思しき人達が石を手にしてアイディアを話し合っている。

そんな中で、小岩さんは親指の先ほどの、球体に磨かれた水晶を手にしていた。

「これが、ガーデンクオーツ……」

「私達はこの中にいたのね……」

小岩さんは、愛《いと》おしそうに水晶を撫《な》でる。その中には、僕達が見た春の風景が、そのまま内包されていたのであった。

その後、小岩さんはガーデンクオーツを購入し、彼が入院している病院へと向かった。

彼にガーデンクオーツを見せながら、退院後の話をしたいそうだ。近くにいたハンドメイド作家と思しき人達に触発されたのか、根付にしてもいいかなと言っていた。

「どうにかなったみたいで良かった」

「彼女が良い縁を結べて何よりだよ。この会場に来たのも、縁に引き寄せられたからなのかもしれないね」

施設の外まで小岩さんを見送った僕は、雫と共に会場へと戻る。すると、待ち構えていたかのような天音さんと、鉢合わせた。

「天音さん、今まで何処に」

天音さんは、業者探しを続けていたと素っ気なく答えた。

「あの女の人のアフターケアをしてたのか」

小岩さんのことかなと察し、「アフターケアってほどじゃないですけど」と答える。

「元気が無さそうだったから、気になっちゃって。一緒に石を選んでいたんです」

「へぇ。何の得にもならないのに、よくやるな」

「天音さんこそ」

僕がそう返すと、天音さんは目を丸くした。

「俺は別に何もしてないだろ」

「でも、例のクリスタルが不自然だって指摘したじゃないですか。天音さんのお陰で、小岩さん――あの女の人は縁が繋がってないクリスタルを買わなくて済みましたし」

僕の言葉に、天音さんはバツが悪そうな顔をする。

「あんなの、ただの難癖だ」

「どうしてその……難癖をつけようと？」

天音さんの言葉を敢えて使いながら、尋ねてみる。僕も小岩さんも、あの時、天音さんから怒りを感じたけれど、本人的にはどうだったんだろうか。

天音さんは、僕と雫を睨みつけるように見やるも、それも一瞬のことだった。

「単に、性格的なものだ。間違っていると分かってるのに指摘しないなんて、俺の気が済まないし」

そう言った天音さんに、僕は遠慮がちに返す。

「その、もしかしたら天音さんは、石が好きなんじゃないかって思ったんです」

「は？」

天音さんは、嫌悪感を剝《む》き出しにする。僕は思わず怯《ひる》みそうになるものの、己を奮い立たせて話を続けた。

「あの指摘の仕方、石に詳しい人のやり方だなって。それだけ博識だし、本当は石が好きで――」

「冗談じゃない」

天音さんは、ピシャリと僕の言葉を遮る。

「鉱物は確かに、深掘りすれば深掘りするほど熱中する。それはよく分かる。父がそうだったし、俺だってそうだったからな」

「それじゃあ……」

「だけど、父はそれで死んだんだ」

「えっ」

僕の声に、黙って聞いていた雫の声も重なる。天音さんは、僕達に鋭い視線を寄越《よこ》した。

「父は、海外の山岳地帯にも鉱物採集に行っていた。道が険しい産地や紛争地帯にも赴いていた。あの骨董屋《こっとうや》に置いて来た石も、父がそうやって集めたものだ」

だったら、尚更貴重なのでは。そう思ったものの、そんなことを言わせない雰囲気が、天音さんにはあった。

天音さんは、忌々しげな表情で続きを話す。

「父は、山岳地帯で滑落して死んだ。僅かな遺産と、家を圧迫するほどの大量の鉱物と、母さんと俺を遺して」

「天音さん……」

「今、母は朝から晩まで働いている。日に日にやつれて、身体《からだ》を壊すのも時間の問題だ。

俺は、高校を卒業したら就職して、母と共に働くつもりだ」

天音さんは、きっぱりとそう言った。もう、心は決まったと言わんばかりだ。

「もしかしたら、君は進学を望んでいたのかな？」

雫は、同情的な眼差しで天音さんを見つめながら、遠慮がちに問う。

「進学なんて出来るものか」と天音さんは吐き捨てた。

「父は浪漫《ろまん》ばかり追い求めていた。それこそ、幻想ばかり。だけど、俺達が暮らしているのは現実なんだ。現実を疎《おろそ》かにする原因となった鉱物を、好きになれるわけがないだろう⁉」

進学をするのにもお金がかかる。それに、学業を優先にしなくてはいけなくなる。そうすると、母親の負担を和らげるどころか、余計に苦労をさせてしまう。天音さんは、そう思って就職の道を歩もうとしているのだろう。

母親は、父親の遺品を天音さんに託すと言っていたという。そんな人だから、きっと天音さんの進路も、天音さんの意志を尊重するつもりだったに違いない。

だけど、天音さんは就職を選んだ。母親の負担を、和らげるために。

「そうだったんですね……」

僕は、それ以上天音さんに何も言えなかった。エルバ島のトルマリンを返すことすら、躊躇《ちゅうちょ》してしまった。

雫もまた、押し黙ったままだった。

天音さんは、少し気まずそうな顔でそんな僕達を見ていたが、やがて、立ち去ろうとする。

「とにかく、もう、俺と関わろうとするな。お前は鉱物が好きなんだろうし、俺に関わると鉱物が嫌いになるぞ」

「そんな……！」

僕は引き止めようとするものの、天音さんはさっさと会場の外へと向かう。

だけど、会場の外に出る直前で、ぽつりとこう呟いた。

「でも、辛そうな人の心を癒すっていう、ああいう石との関わり方は、……悪くないと思った」

「えっ……？」

小岩さんとガーデンクオーツのことだろうか。

僕が真意を尋ねる間もなく、天音さんは会場を後にする。その背中は一切を拒絶しているようで、僕は天音さんを追えなかった。

「……樹」

雫の呼びかけに、「大丈夫」と答える。

「天音さん、思った以上に苦労してそうだし、トルマリンを返すのは大変そうだね」

でも、と僕は続ける。

「天音さんはああ言ったけど、僕はもっと天音さんのことを知りたい。どれだけ時間が掛かっても、ちゃんと石との縁を戻したい。天音さんの痛みを、和らげるためにも」

「ああ、そうだね。それでこそ樹だ」

僕と雫は頷き合い、天音さんが消えて行った方を見つめる。その先の未来を、明るいものにしようと決意しながら。

解説

小河原孝彦

私がこの文庫シリーズを知ったきっかけは、勤務している博物館に小包が届いたからでした。石と鉱物を展示している博物館ということで、集英社の方が郵送してくださったのでしょう。中には『水晶庭園の少年たち』の一巻が入っており、鉱物を知っている人が読むと思わずニヤニヤしてしまう展開に一気に読み進めたことを覚えています。文庫本のお礼にと糸魚川《いといがわ》の翡翠《ひすい》について書かれた本を何冊か郵送しましたが、まさか二巻目のタイトルが「翡翠の海」になり、蒼月先生を案内するようになるとは、その時思いもしませんでした。

本書は、蒼月海里先生の「水晶庭園の少年たち」シリーズの四巻目に当たります。鉱物の魅力にとりつかれつつある主人公・樹《いつき》と、日本式双晶の石精・雫《しずく》が繰り広げる、ファンタジーのようでもあり、随処に実際の鉱物愛好家の思いや考え、知識が詰まっている実用書のようでもある、おそらくこの本を書いた人は鉱物が好きなんだろうなと想像できる、なんとも言えない魅力が本書にはあります。

トルマリン、日本語では電気石という鉱物の魅力は何でしょうか。まず、電気石というネーミングに惹《ひ》かれるものがあります。電気が発生するから「電気」石であり、加熱や衝撃を加えることで静電気を発します。鉱物の中にはこのように、加熱や衝撃を加えることで光や電気を発生させるものがあります。本書に登場する蛍石もその一つでしょう。なぜ、電気が発生するかといえば、電気石の結晶構造（その鉱物特有の元素の配列）が非対称だからです。肉眼で見ると柱状で、条線もはっきりしているこの鉱物のどこが非対称なのかと思われるかも知れませんが、原子スケールで電気石を観察すると非対称なのです。そのため、プラスとマイナスの電気を帯びることから電気石と呼ばれるようになりました。

このように、鉱物には、その鉱物の性質をよく表している名前が付けられていることが多くあります。電気石、蛍石、方解石、など鉱物の名前の由来を調べることも楽しみ方の一つであり、昔の人はその鉱物の性質を表している名前をよく的確に付けられたものだと驚嘆します。

ちなみに、岩石にも、とんちの効いた日本語名が付けられています。溶岩が冷えた石である安山岩は英語でアンデサイト（Andesite）と言います。これは、この岩石が南米のアンデス山脈によく見られることから名付けられました。アンデスの山の石だからアンデ（アンデス）－サイト（石）。日本語では、安（アンデス）－山（やまの）－岩（いし）。素晴らしい語呂合わせではないでしょうか。鉱物や石の名前が覚えられないと嘆いている人は、ぜひ名前の由来から覚えることをおすすめします。

博物館には、鑑定のためにさまざまな方から鉱物や化石が持ち込まれます。その際によくある残念なことは、その鉱物や化石の産地が分からないことでしょう。鉱物によっては、この産地ではないかと推定することはできますが、確証を持つことはできません。逆に、ラベルに書かれた産地からこのような鉱物であろうと推定することはよくあります。

このシリーズを一巻から読まれている方であれば、標本のラベルの重要性についてはよくご存じだと思います。鉱物によっては有名な産地があり、その産地の標本であれば他の産地の何倍もの高値で取引されることが実際にあります。蛍石であればアメリカ産、トルマリンであればイタリア産などでしょうか。そのため、標本と同じくらいかそれ以上に産地を示すラベルは重要な価値を持つと言えます。

このような有名な産地の鉱物はなぜ高値で取引されるのでしょうか。これには、さまざまな要因があり、イタリアのエルバ島の電気石の場合は、その人気に対して産出量が少ないことがあるようです。ちまたで人気の、ユークレースやフォスフォフィライトもこのパターンで希少価値が出ているのでしょう。

高値で取引される理由としては、昔は一大産地として多くの鉱物の美品を産出していたが、鉱脈が枯渇し産出量が減少し幻の産地となってしまったことが大きな理由の一つと考えられます。産地にある鉱物の資源量は限られています。これを採集し続ければ、産地の鉱物は少なくなり、少ないために希少性が上がり価格は上昇、血眼《ちまなこ》になって探す鉱物マニアが増えていき、産地は荒れ果て、より採集できなくなっていく。このような負のスパイラルが鉱物産地ではよく見られます。日本でも、茨城県山《やま》の尾《お》のガーネットや山梨県塩山《えんざん》の水晶など、私が幼いころに鉱物採集に出かけた産地が採集禁止となっていますが、この原因には、有名産地で血眼になって希少な鉱物を探す、鉱物愛好家のマナーもだいぶ関係していると感じます。

糸魚川は翡翠の産地として知られていますが、二〇〇八年からジオパークという活動が進められています。これは、地形地質、化石や鉱物を含めた地球が作り出した美しい遺産を、保護しながら活用していく活動です。水晶庭園の少年たち「翡翠の海」では、樹や雫たちが糸魚川の海岸で翡翠採集を楽しんでいる描写があります。今だけではなく、樹や雫たちの子や孫の代も、糸魚川の海岸で石探しが楽しめるように、限りある資源である鉱物を楽しみながらも守っていく取組みが、鉱物愛好家にも求められていると言えます。

私個人としては、翡翠が採集できなくなりその資産価値を上げるよりは、糸魚川に来たお客様に気軽に翡翠はこんな鉱物ですよと紹介できる、誰でも探せる翡翠という宝石が海岸に落ちている町であり続ける未来に期待しています。

本書を読んでいる方の中には、幼少期に博物館や学校で鉱物の魅力に触れた人も多くいるでしょう。「第二話　方解石の憂鬱」に登場する理科の先生である岩井《いわい》先生も、生徒を鉱物の沼へと引きずり込んでいく力のある人です。私の所属する博物館も、皆様を鉱物沼の深みにはめるために、日夜努力しています。

岩井先生は、方解石とテレビ石を利用して、生徒に鉱物のおもしろさを伝えようとしています。鉱物には複屈折率という、結晶の方位によって光を曲げる性質が異なるものがあります。もし、水晶玉をお持ちの方がいれば、それを通して後ろの景色を見てください。ほんの少し景色が二重に見えていれば本物の水晶玉です。全く二重に見えない場合は、残念ながらガラス玉かも知れません。方解石は、この複屈折率が高いことが知られており、すかした文字がとてもはっきり二重に見える鉱物です。蛍石は複屈折がないため、ものが二重に見えることはありません。そのため、カメラのレンズなどに加工されています。

このような光学的な性質は、鉱物を判別する上で大変参考になる情報であり、偏光顕微鏡などは、この性質を利用して鉱物の判別を顕微鏡下で行っています。

岩井先生は、方解石中の水晶を取り出そうとして影山《かげやま》君の気を悪くしてしまいます。鉱物愛好家であれば、方解石や鉄分など、標本に必要ない物を取り除き、見映えを良くしたい気持ちになったことが必ずあるでしょう。方解石を塩酸で溶かして水晶を取り出す。水晶の表面に付いた鉄分を塩酸で溶かす。このような行いは、鉱物を標本にするという行為を行う上で、正当化されるものなのでしょうか。

岩井先生は、方解石はほかの石を守る梱包材のような物だと言っています。この考えであれば、荷物の紐《ひも》を解くように塩酸で方解石を溶かすことは必要なことでしょう。方解石ではなく、その中にある水晶のみが標本なのです。しかし、一方で影山君の考え方のように、梱包材である方解石も含めて標本であるとも言えます。

この議論は、樹と雫が困っているように答えが出るものではありません。しかしながら、鉱物採集では、採集したい鉱物のみの大きさや形で評価するだけではなく、その鉱物の産状を考えることも大切なのです。方解石に埋没した水晶。この産状から、最初にケイ素を含む熱水から水晶が晶出し、熱水の温度が下がることによって炭酸カルシウムの方解石が晶出したのでしょう。このように、水晶だけでは知ることのできないその鉱物の産状を方解石は知らせることができます。方解石を溶かす前に、水晶に付着する鉄分を落とす前に、その鉱物が誕生し成長していく様に思いを馳《は》せても良いのではないでしょうか。

ちなみに、方解石を塩酸で溶かす場合に注意することがあります。塩酸は薬局か、トイレ用の洗剤を利用することが可能ですが、方解石を溶かした後は、よく流水ですすいでください。そうしなければ、塩酸の黄色い跡が残ってしまいます。また、水晶に付着する鉄分を落とす場合は、塩酸ではなくシュウ酸が有効だと聞いた事があります。機会があれば、岩井先生と影山君の葛藤を胸に秘めながらお試しください。

「第三話　石の中の庭園」で天音《あまね》さんが店主と話しているように、最近パワーストーンという言葉を耳にする機会が多くなりました。糸魚川の海岸にある流紋岩には、雫の話のように、しのぶ石やフォイト電気石が含まれている影響で、褐色の模様の付いたものがあります。地元の人は、この石を薬石と呼んで重宝しており、これもパワーストーンの一種でしょう。

石や鉱物に神秘的な力が宿ると考えはじめたのは、現代人ではありません。翡翠は英語でジェード（Jade）と言いますが、元々の語源はスペイン語の piedra de ijada（腰の痛みを治す石）から来ています。翡翠は日本や中国など東洋で重宝されている宝石ですが、中南米のアステカ文明も古くから翡翠を利用してきました。アステカでは、脇腹が痛いときに、翡翠を当てて痛みを消す風習があったのです。この風習が、アステカ文明を征服したスペイン人の知ることとなり、翡翠に腰の痛みを治す石という名前が付けられました。つまり、翡翠は腰の痛みを治す効果のあるパワーストーンだったということです。パソコンの前に座ってばかりの私を含めた現代人には、ちょうど良い効果のある石かも知れません。

　ちなみに日本語の翡翠《ひすい》の語源は、その名の通り鳥の翡翠《かわせみ》の羽の色から来ています。日本における翡翠の利用の歴史は大変古く、今から約八千年前に世界最古の翡翠文化が花開きました。その当時から日本国内で宝石質な翡翠は糸魚川以外に産地はなく、縄文時代には糸魚川の翡翠が北は北海道から南は沖縄まで流通しています。その当時の翡翠の利用方法は、原石を研磨して穴を開けてペンダントにするものでした。遺跡から出土する翡翠製品から推定すると、翡翠は位の高い人が身につける呪術的な要素のある宝石だったと言われています。三種の神器の八尺瓊勾玉《やさかにのまがたま》も翡翠ではないかという説があることからも、日本人が翡翠をパワーストーンとして見ていたことが分かります。

　分析技術の発達した現代では、薬石や翡翠の化学成分や結晶構造を分析できるため、天音さんのようにパワーストーンはまやかしであると言えるかも知れません。しかしながら、翡翠の歴史を見て分かるように国内外で鉱物に秘められた力があることは古くから信じられてきました。日本式双晶に石の精である雫が宿るように、鉱物に秘められた力が宿ると信じることは、人間の本質的な部分なのかも知れません。

この章の中で小岩《こいわ》さんは、ミネラルイベントで自分の好きな鉱物を探しています。このようなイベントに行くと、出店しているお店が大体二分されていることに気付くでしょう。一つは、鉱物を原石のまま販売しているお店。このようなお店では、鉱物は原石のまま母岩《ぼがん》付きで販売されていることも多くあり、どちらかというと鉱物のことをよく知るマニアが集まるお店です。もう一つは、裸石《ルース》やブレスレットなど鉱物を加工して販売しているお店で、本書にあるように女性の人だかりができていることが多いと確かに感じます。

これは、どちらの店が良いかという問題ではなく、鉱物を標本として見るか、宝石として見るかの違いでもあります。原石の状態であれば、その鉱物が持つ形や条線、へき開などをよく観察することができます。自分が鉱物採集に行く際の見本として利用することもできるでしょう。ルースやブレスレットの場合は、カットによってその鉱物が持つ美しさが強調された物となります。ルビーやサファイヤなど、人気の宝石をブレスレットから取り出してハンドメイドする方もいるでしょう。

私としては、鉱物の美しさに惹かれてこの世界に入ることは、鉱物沼の最初の一歩だと感じています。この本を読んでいるみなさんには、鉱物の表面的な美しさだけではなく、成分や結晶構造、蛍光や放射性など目に見えない部分まで鉱物を愛し、ぜひ、鉱物沼に首まで浸《つ》かってほしいと思います。

ちなみに、私が鉱物を買う際に気にすることは、透過型電子顕微鏡で観察した時に結晶構造のおもしろい石かどうかです。他人に理解されるとは思いませんが、ここまでくると鉱物沼に首までではなく沈没しているかもしれません。

二〇一九年初夏に蒼月先生が糸魚川を訪問したいとの連絡をくださり、小滝川《こたきがわ》ヒスイ峡と海岸を訪問されました。小滝川ヒスイ峡は一九五六年に国の天然記念物に指定された翡翠の原産地です。川の流れの向こうに数メートルを超える白色の翡翠が点在し、採集することはできませんが、ヒスイの原石を間近で見ることができます。この経験が、次の執筆活動に活《い》かされることを願っていますし、私自身も鉱物の精が見えるようになるまで、もう少しこの業界に係わっていたいと思います。

（おがわら・たかひこ　理学博士／糸魚川市フォッサマグナミュージアム学芸員）

本書は、ｗｅｂ集英社文庫二〇二〇年二月〜四月に連載されたものを加筆・修正したオリジナル文庫です。

本文デザイン／浜崎正隆（浜デ）
イラストレーション／こちも

蒼月海里の本

水晶庭園の少年たち

祖父が遺したハート形の水晶。その「石精」が、僕の前に現れて……。センシティブな青春ストーリー。鉱物の知識も基礎から学べる画期的なシリーズ開幕。

集英社文庫

蒼月海里の本

水晶庭園の少年たち
瑠璃の空

土蔵から祖父の日記が。そこには樹の健康を願う思いが記されていた。その日記をめぐり、樹と雫との間に微妙な距離が……。鉱物の知識も満載の第三巻。

集英社文庫

集英社文庫

水晶庭園《すいしょうていえん》の少年《しょうねん》たち　喪《も》に服《ふく》す電気石《でんきせき》

2020年５月25日　第１刷　　定価はカバーに表示してあります。

著　者　蒼月海里《あおつきかいり》

発行者　徳永　真

発行所　株式会社 集英社
東京都千代田区一ツ橋2-5-10　〒101-8050
電話　【編集部】03-3230-6095
　　　【読者係】03-3230-6080
　　　【販売部】03-3230-6393（書店専用）

印　刷　中央精版印刷株式会社　株式会社美松堂

製　本　中央精版印刷株式会社

フォーマットデザイン　アリヤマデザインストア　　マークデザイン　居山浩二

ISBN978-4-08-744115-4 C0193